王子と護衛
～俺は貴方に縛られたい～

Sachi Umino
海野幸

CHARADE BUNKO

Illustration

Ciel

CONTENTS

護衛中、不審者にナイフで左腕を斬りつけられ、応急処置としてガムテープで傷口をふさいでおいた、と報告したら上司の青野に頭を抱えられた。

「北河はさぁ、東京のど真ん中で野戦でもやってるの？」

時刻は二十二時を過ぎているが、國行の勤める民間警備会社のオフィスにはまだ煌々と明かりが灯っている。

五十がらみの青野が疲れ切った顔でデスクに肘をつく姿を、國行は直立不動の姿勢で見詰めた。百七十センチ後半という長身に加え、日々鍛えているおかげで体格もいい國行が無言で立っていると威圧感が凄まじい。唇を引き結んだ顔立ちは精悍だが、いかんせん表情が乏しいので初対面の人間には怯まれることが多かった。

國行のワイシャツの左袖は刃物で切り裂かれて血が滲んでいる。その下から見える腕には、先刻報告した通りガムテープが何重にも巻きつけられていた。

「護衛対象がいたのでその場を離れるわけにもいかず、取り急ぎ応急処置を」

「だったらすぐこっちに連絡しろって。別の人間を配置すれば済む話だろう」

「大した怪我でもありませんでしたし」

「大した怪我だよ馬鹿野郎！　ワイシャツ血まみれだろうが！」

こんな時間でもオフィスに居残っている他のスタッフたちが背後で苦笑している気配がする。仕事中に國行が怪我を負い、青野がそれをこっぴどく叱るのはもう日常茶飯事だ。

都内にある民間警備会社に國行が入社したのは七年前。大学を卒業した直後のことだ。

仕事内容は大きく四つに分かれる。ビルや商業施設、公共施設などの施設警備を行う第一号業務、屋内外で行われるイベントの警備や、道路交通誘導を行う第二号業務、さらに美術品や貴重品、現金などの輸送を行う第三号業務、加えて要人の身辺警護などを行う第四号業務だ。

國行が主に担当しているのは第四号業務、いわゆる要人警護である。

企業のトップや政治家のボディガード兼ドライバーを務めることが多いが、最近は一般向けに、通勤や通学などの送迎警護、家庭内暴力の被害者の身辺警護などを行うことも多くなってきた。

今日はストーカー被害に遭っているという女性の警護をしていた。会社勤めをしている依頼人の送迎中、ストーカー犯と思(おぼ)しき男が刃物を手に襲いかかってきたので庇(かば)った結果がこれだ。

「北河は体術のセンスがあるくせに、どうしてそう怪我ばっかりするわけ？　今年に入って何度目だよ」

「まだ三度ほどです」

「四月の時点で三度って相当多いからな⁉」

怒鳴るのも疲れたのか、青野は肩を落として國行を睨み上げた。

「いい加減、そうやって体張るのはよせ。その怪我もちゃんと治しとけよ。来月はデカい仕事があるんだ」

「と言うと？」

「五月の連休が明けたら、二週間の要人警護についてもらう」

二週間となるとかなり長期だ。依頼人はどんな人物だろう。政治家か。あるいは芸能人か。しかし青野の口から出たのは、國行の凡庸な想像をはるかに凌駕するものだった。

「依頼人は、中東の王子様だ」


職場から電車で二十分ほどの場所にある歓楽街。

この界隈のラブホテルはどこもこざっぱりとした内装だ。ダブルサイズのベッドとテレビ、小さなテーブルにソファーがあるばかりで、一見するとビジネスホテルと変わらない。浴室だって簡素なもので、ジャグジーもなければ虹色に光るライトすらない。

仕事帰り、家には帰らずまっすぐラブホテルに入った國行は、ナイフで切り裂かれたワイシャツを脱いで洗面所に向かう。腕に巻いたガムテープを無表情で剝がして傷口を洗いながら、帰りがけに聞いた青野の言葉を思い返した。

来月國行が護衛する依頼人は、中東にある首長国連邦からやってくるそうだ。首長国連邦は複数の首長国からなり、それぞれ絶対君主制をとっている。依頼人は連邦を構成する首長の息子だというのだから、正真正銘王子様だ。

国賓クラスの相手なら日本の警察が動く案件のような気もするが、なんでも急な依頼らしい。ついでに依頼人は十七人兄弟の末弟にあたるそうで、王位継承権争いにはほとんど関係がない。国政にも直接関わっておらず、それだけ玉座から遠い存在なら王子というより金持ちのボンボンという扱いでよさそうだ。肩書きもアパレル系の事業家であって王子ではない。一応、来日の名目は市場視察ということになっているが、その実態は単なる日本観光だろう。

今回の仕事のリーダーを、國行に任せたいと青野は言った。

あまり英語が得意ではないのでうろたえたが、依頼人の母親は日本人らしく、本人も日本語が堪能なので問題ないという。秘書と世話係も数名同行するらしいが、全員日本語に不自由はしていないそうだ。

「お前は多少突っ走るところがあるが、いつだって依頼人の安全を最優先にして動くからな。適任だろう」

そう太鼓判を押した後、「だからもう余計な怪我はするなよ」と釘（くぎ）を刺すことも青野は忘れなかった。

洗面所で傷口を洗いながら、気をつけよう、と國行は思う。だがそう思う端から、まだふさがっていない傷口に指を這わせてわざと痛みを引き出してしまう。

傷口が痛むことに安堵を覚えた。今日も自分は仕事をしたのだと、そんな満足感が湧いてくる。逆に怪我の一つもしない日は、仕事をまっとうした気になれない。入社以来ずっと続いている悪癖だ。

よくないな、と首を振ったところで部屋にチャイムの音が鳴り響いた。

傷口を洗う水を止め、上半身裸のまま部屋の扉を開ける。その向こうにいたのは、重たそうなカバンを肩から下げた若い女性だ。半裸の國行に出迎えられた女性は、怯む様子もなくにっこりと微笑む。

「ごめんなさいね、お待たせしちゃって」

大股で室内に入ってきた女性は部屋の隅に置かれたソファーにカバンを下ろすと、自分も腰を下ろして尊大に足を組んだ。

國行もソファーに近づいたが、女性の隣に座ることはない。女性の前に立ち、流れるような動作でその正面に正座をする。

青野から要人警護のリーダーを任されると聞いたとき、真っ先に「だったら今のうちに息抜きをしておこう」と思った。欲求不満は溜め込まないに限る。下手に解消し損ねると、今日のように仕事中に怪我を負うリスクも増えるのだから。

女性が傍らのカバンに腕を突っ込んだ。そこから出てきたのは、持ち手の先に何本もの革紐が垂れ下がった鞭である。

「じゃあ、今日はこのバラ鞭からいこっか」

そう言って微笑んだ女性は、この近くにあるＳＭクラブから派遣されてきたご主人様で、その前に正座をする國行は、もはや言うまでもない。

「よろしくお願いします、ご主人様！」

床に正座をした國行が、礼儀正しく女性に頭を下げる。言うまでもないが敢えて言おう。國行は、ＳＭクラブを愛用しているドＭであった。

連休明けの月曜日。

いよいよ中東の王子様を迎えるとあって、朝から社内はざわついていた。特に國行は青野から「お前は仏頂面なんだから、相手に失礼のないように」と釘を刺されたが、護衛に愛想など不必要だ。常と変わらず仕事用のスーツを着て空港まで依頼人を迎えに行く。

依頼人が空港に到着したのはすでに夕暮れが迫る頃だ。人の多い空港ではゆっくりと挨拶をしている時間もなく、慌ただしく依頼人たちをピックアップして迎えの車に乗せた。

やってきたのは総勢四人。依頼人とその秘書、それから世話係の男性が二人。世話係なんて肩書の人間を引き連れて現れた依頼人は初めてだが、相手は王族だ。むしろこの少人数に絞ってきただけ常識的なのかもしれない。

世話係は先に宿泊先のホテルへ向かい、依頼人とその秘書は別のホテルへと移動した。到着早々、ホテルの宴会場で開かれるパーティーとやらに出席するらしい。

(金持ちの集まるパーティーって、案外日常的に開かれてるものなんだな)

緋色の絨毯を敷いたホテルの宴会場、着飾った人々が熱帯魚のように行き交う姿を見渡して國行はつくづく思う。

カクテルブッフェ式のパーティーには大勢の客が参加していて、華やかな笑い声がさざ波のように会場に満ちている。天井からはきらびやかなシャンデリアがぶら下がり、奥には舞台もあった。緞帳に描かれているのは金色の雲海から顔を覗かせる赤富士だ。

誰が主催のなんのパーティーかは知らないが、國行はこの手のパーティーを、金持ちの異種格闘技戦会場だと認識している。業種は違えども、唸るほど金を持っているという点では共通している人間たちが集まって、互いを品定めし、利用価値があるとなれば笑顔で握手を交わし、そうでなければ一瞥して立ち去るような。

華やかさの裏でぎらぎらした視線が飛び交う戦場のような場所だ。その中に、ひと際目を惹く男性がいる。

浅く日に焼けた肌と、少し癖のある黒髪。前髪の下から覗く瞳は滑らかに黒く、磨き上げられたオニキスのようだ。瞳を縁取る睫毛は濃く、長く、くっきりとした二重と相まって、目元に浮かぶ笑みをより甘やかなものにしている。厚い唇も肉感的で、一度正面に立ってしまうとなかなか目を逸らせなくなるほどの美丈夫だ。

顔だけでなく全身のスタイルもいい。背が高く、手足が長く、肩幅も広い。身につけているグレーのスーツは光沢があり、ライトの加減によって銀に輝いても見えた。男の体にしっとりと沿うスーツは、どんなに動いても余計な皺ができない。

彼が会場を闊歩すると、周囲の視線が吸い寄せられるようにそちらへ向く。見るだけでは飽き足らないのか、声をかけてくる者も後を絶たない。そうやって引きも切らず話しかけられているあの男こそ、今回の依頼人であるラシード・ダウワース・アイハム氏だ。

年は國行より四つ上の三十二歳。彫りの深い顔立ちだが、どことなく親近感を覚える雰囲気もあるのは母親が日本人だからだろうか。

ラシードの隣には秘書のハーディーもいる。ラシードと同年代くらいだろう。前髪を後ろに撫でつけ、眼鏡をかけた神経質そうな男性だ。空港からずっとラシードにつき従って、パーティーの間も終始その後ろをついて回っている。

事前情報通り二人とも日本語が流暢で、会場の人々とも和気あいあいと会話をしている。それは大変結構なことなのだが。

（もう少し大人しくしていてくれないもんか）

エキゾチックな美貌のラシードに声をかける者は間断なく現れ、ラシードもまた気さくにそれに応じ、誰かを紹介されては身軽に移動を繰り返すので、護衛をしているこちらは足を止める暇もない。

國行はラシードの斜め後ろに立って、近づいてくる招待客の動向を隙なく観察する。何か怪しげな動きはしていないか、荷物の中に手を入れて凶器を取り出すような仕草はないか。目の動かし方、声の出し方など、少しでも不自然な点があれば睨みを利かせた。

大勢の人の中で依頼人を警護するのは神経をすり減らす。しかしラシードは國行の存在など目にも入っていない様子であちこち歩き回るので、若干苛々(いらいら)しながらその後をついて回った。

この程度のことで苛つくなんて國行らしくもないことだが、ここ一週間の激務を思うと嫌でも心がささくれる。

そもそもが、ラシードの依頼は急だった。金に物を言わせてねじ込まれた感がなくもないくらいに。護衛の依頼が舞い込んでから今日を迎えるまで準備期間は二週間もなく、日本滞在中のラシードのスケジュールが送られてきたのはそれよりさらに後のことだ。移動経路の確保や各施設の構造、避難経路など、調べて頭に叩(たた)き込んでおくことは山のようにあり、それに並行して通常業務もこなしていたので、護衛初日から疲弊度合いが尋常でない。

（昨日はプレイもぐだぐだだったし……）

ラシードの斜め後ろに立って護衛を続けながら溜息を押し殺す。

これは完全に八つ当たりだが、昨日ホテルに現れたご主人様は心底期待外れだった。國行が百八十センチ近い大柄な男のせいか、はたまた持って生まれたこの強面が悪いのか、國行を見るとどの店のご主人様も怯んだような顔をする。

昨日のご主人様もそうだった。プレイ中も終始びくびくしていたように思う。鞭打たれても眉一つ動かさなかった自分が悪いのかもしれない。しかし仕事柄、痛みに対する耐性は強い方だ。もっと強くしてくれ、などと要求したら「これ以上は無理です」と泣きが入りそうだったのでせめて手足を縛ってもらったが、手ぬるい。プレイ後に確認してみたが、縄で縛られた手首には擦り傷一つついていなかった。

（一応、男性のご主人様に来てもらったんだが……）

きっと腕力の問題ではないのだろう。國行がプレイで満足したことはほとんどない。どんなに強く打たれても、縛られてもまだ足りなかった。肉体的な苦痛を与えるだけでなく、もっと心まで制圧してほしいのに。

「貴方、少々よろしいですか」

再び歩き出したラシードを追いかけようとしたら、横から肩を掴まれた。とっさにその腕を捻り上げようとしたものの、相手がハーディーであることに気づいてぎりぎり踏みとどまる。

視線はラシードに向けたまま「なんです」と低く尋ねると、目の端でハーディーの眉間にざっくりとした皺が寄るのが見えた。

「それはこちらのセリフです。さっきからなんですか、王子の後ろで相手を威嚇するような顔をして。貴方のせいで、王子と歓談している相手が怯えているではありませんか」

「それが我々の仕事なので」

肩を摑むハーディーの手を振り払おうとしたが、意外にも力が強く離れない。

「会場内の護衛は不要とお伝えしたはずです。入り口では入念にボディチェックも受けていますし、会場内にも主催者が用意した警備員がいるのですから」

「だとしても、我々がラシード様から離れるわけにはいきません。本来なら三人体制で会場内の警護に臨みたいところを、譲歩して私一人で警護に当たっているんです。邪魔はなさらないでください」

喋っている間にラシードの姿が完全に人込みに紛れて消えた。口の中で舌打ちをするがハーディーはまだ國行から手を離そうとしない。

「邪魔をしているのは貴方だ。王子がなぜこんなちっぽけなパーティーに参加しているとお思いで？　日本での人脈を築くためです。貴方がいては会話も弾まない」

「でしたら不特定多数の人間と接触するこんな場ではなく、一対一の対面で人脈を広げる努力をなさるようラシード様にご進言ください」

　半ば強引にその手を振り払うと、ハーディーの顔に憤怒の表情が浮かんだ。構わず背を向け、インカムから会場の入り口に控えているメンバーに声をかける。

「対象を見失いました。万が一会場から出てきたら、直ちに警護についてください」

　了解、の声に交じって、青野の『対象見失うとか何やってんだ！』という叱責が飛ぶ。

「文句があるなら依頼人の秘書に言ってくださいよ。邪魔されたんですよ」

　耳に入れたインカムを指で押さえ、会場内に視線を走らせる。参加者が多いのでさすがにすぐには見つからない。しばらくバタバタしていたが、人込みの中に背の高い後ろ姿を見つけて足早にそちらへ近づいた。

「いました、会場の外に出ようとしてます。追いかけます」

　エントランスを抜けたラシードはエレベーターホールに向かっているようだ。後ろを振り返ることもなくエレベーターに乗り込むその背を呼び止める。

「ラシード様！」

　人気のないエレベーターホールで声を張り上げると、ようやくラシードがこちらを振り返った。互いの視線が交わり、ラシードが唇の端をきゅっと持ち上げて微笑む。

　ほっとしたのも束の間、ラシードはエレベーターの開閉ボタンを押してドアを閉めてしまう。まさかと足を速めたが遅く、狭まっていく扉の隙間でひらりと手を振られた。

あと一歩というところで完全に扉が閉まり、國行は愕然とその場に立ち尽くす。

（……警護を撒かれた？）

動揺しつつもインカムから状況を報告しようとすると、後ろから肩を摑まれた。またしてもハーディーだ。慌ててラシードが消えたと告げようとしたが、ハーディーはわかっていると言いたげに頷いただけだった。

「王子は近くのコンビニエンスストアに行かれただけです。大騒ぎなさいませんよう」

「……はっ？　コンビニ？」

「ぞろぞろ警護を引き連れていく場所でもありませんし、無駄に人目を引くので一人で行かせてほしいと王子が……」

「馬鹿言うな！　目を離した隙に何かあったらどうする！」

このときばかりは、相手が依頼人の秘書だということも忘れて怒鳴りつけていた。むっとした顔で何か言い返そうとするハーディーは相手にせず、ラシードを追って走り出す。

エレベーターを待つ時間も惜しく、ホールの脇にある階段を駆け下りながらインカムで状況を報告した。頭の中で周辺地図を開き、ホテルの従業員に睨まれるのも無視して一階のロビーを走り抜けて一番近くのコンビニを目指す。

走りながら口の中で舌打ちをした。エレベーターが閉まる直前、ドアの隙間に手でも足でもねじ込んでやればよかった。それなのに、艶やかに唇の端を持ち上げたラシードの笑顔に不覚にも目を奪われて判断が遅れた。

（くっそ……！　王子だかなんだか知らんが、金持ちのボンボンが！　ちょっと顔がいいからって好き勝手やりやがって！）

外はすっかり日が落ちて、ビルや劇場が立ち並ぶ道は薄暗い。短距離でも車で移動する人間が多く集まる場所なので人通りもほとんどなかった。

途中、高いビルとビルの間に伸びる歩道で何かが動いて足を緩める。

街路樹の下に誰かいる。男性だ、しかも二人。一人は酔っ払っているのか足取りがおかしい。手を振り回しながら、一緒にいる背の高い男の方へふらふらと近づいていく。

暗がりに目を凝らし、國行は息を呑んだ。酔っ払いの隣にいたのがラシードだったからだ。

ラシードに近づいた酔っ払いがその腕を摑む前に地面を蹴り、二人の間に飛び込んでいた。背後にラシードを庇って酔っ払いの前に立ちはだかる。

「お、なんだよ、お前？」

突然現れた國行に驚いたのか酔っ払いは体をぐらつかせたが、すぐさま國行に突っかかってきた。喋るたび酒の匂いが漂ってくる。かなり泥酔しているようだ。

「用があるのはそっちのお兄ちゃんだから、どけって」

男に乱暴に胸倉を摑まれても、國行は眉一つ動かさない。無言で軽く膝を折り、國行より頭一つ分背の低い男と真正面から目を合わせる。男が怯んだ顔をした瞬間、屈めた身を素早く起こして左腕を旋回させた。

全身を大きく使った動きには勢いとスピードが乗る。胸倉を掴んでいた手を鋭く弾けば、思わぬ反撃に対処しきれなかったのか相手の体がぐらりと後ろに傾いた。

「お……っ、こ、この……っ！」

たたらを踏んだ男が再び突っかかってくる。とはいえしょせん酔っ払いだ。動きが鈍い。伸びてきた手を片手であっさり払いのけ、懐に潜り込んで相手のスーツの襟元を掴んだ。学生時代、國行はずっと柔道を続けていた。がっしりと襟を掴んでしまえば、このまま投げ飛ばすことはあまりにたやすい。至近距離から凝視してやると、相手の顔からすっと血の気が引いた。ようやく國行の力量を悟ったのか、突っかかってこようとする気力が一瞬で萎えたのがわかる。それを確認してから、國行は相手の襟を掴んでいた手を離した。

ゆっくりと身を引きながらも、酔っ払いから視線は逸らさない。

國行の眼力に怯んだのか、酔っ払いは口の中で「なんなんだよ……」などと呟きながらそそくさとその場を立ち去ってしまった。

男が大通りに戻っていくのを見届けてから、國行はラシードを振り返る。

荒事に巻き込まれていたはずのラシードは街路樹に凭れかかり、ショーでも見るような顔で腕を組んでいた。國行と目が合うと、腕をほどいて拍手など送ってくる。

「ラシード様、今の方は？」

「知らん。歩いていたら急に声をかけられた。いいスーツを着ていると褒めてくれたぞ」

自身の軽率な行動のせいでトラブルに巻き込まれかけたというのに、ラシードは反省する素振りもない。さすがに腹が立ったので睨みつけてやったが、動じるどころか國行の視線を受けて楽しげに目を細めてくるものだから、なぜかこちらが目を逸らす羽目になる。

ラシードに横顔を向けて周囲を警戒しながら、なんだこの人、と胸の内で呟いた。

本当になんだ。なんなんだ。

来日前からラシードの写真は見ていたし、とんでもない美形だという認識もあった。けれど実物は迫力が桁違いだ。見据えられるとうろたえる。うっかり目が合うと、かなりの意志を持って挑まないと目を逸らすことも難しい。

一般人と一線を画する存在感だ。それは多分、見目の麗しさによるものだけではない。ちょっとした所作や表情の作り方から滲み出る気品。柔らかな物腰の裏に見え隠れする威厳。どちらも一般庶民が一朝一夕で身につけられる類のものではない。

笑みを浮かべた顔にすら凄みを感じる。周囲の人間に傅かれることや、他人に命令することに慣れ切っている顔だ。それを見るにつけ、こう思わずにはいられない。

（こんな人が俺のご主人様だったら――！）

空港で初めてその姿を目の当たりにしたときから頭を掠めていた願望がいよいよ決壊し

そうになって口元を手で覆う。

何を考えている。相手は依頼人だ。そして今は仕事中だ。にもかかわらずこんなろくでもないことを考えてしまうなんて、昨日のプレイの欲求不満が相当溜まっているのか。

そもそも國行がSMクラブに通うようになったのは、後輩の田島にこんな言葉をかけられたからだ。

「北河さんっていつも仕事中に怪我してますけど、Mっ気でもあるんですか?」

入社一年目の田島があまりにも屈託なく、「風邪ひいてるんですか?」くらいの気楽さで尋ねてきたものだから、うっかり否定することを忘れた。

青野からも怪我が多すぎると注意を受け始めていた頃のことだ。もしやそういう可能性もあるのだろうかと、首を捻りながらSMクラブに足を向けた。國行は地顔が仏頂面なので気難しそうに見られることが多いが、存外素直な男なのである。

そんな経緯で人生初のSMプレイに挑んだ國行は、期待以上の結果を得ることになった。その日を境に、目に見えて仕事中に怪我をする回数が減ったのだ。以前だったら甘んじて怪我を負っていたような場面で、自然と回避行動をとれるようになった。

度重なる仕事中の負傷は、自らの内に秘められていた嗜虐趣味によるものだったのかもしれない。そう気づいて以来SMクラブ通いを続けているわけだが、満足できたのは物珍しさから興奮できた最初の数回くらいで、今は手ぬるいプレイに憤りを覚える日々である。

けれどもし、ラシードのような人がご主人様だったら。

この人なら、鞭を振ることにためらいはないだろうという確信があった。むしろこちらが額ずいて「鞭で打ってください」と頼んでも「なぜ私が?」なんて微笑んでなかなか鞭を振り上げてくれない気がする。國行が焦れて睨んでもどこ吹く風で笑っているのだろう。それでいて、國行の気が緩んだところで痛烈な一打を振り下ろしてくるのだ。——とてもいい。

(やめろ、何を考えてるんだ、俺は)

國行は大きく息を吸い込み、欲望を蹴り出してからラシードと向き合った。

「ラシード様。移動する際は事前にご連絡ください。急に行動を変えられては安全な経路を確保できなくなります。一人で出歩くのはもってのほかです」

低い声で告げてみるが、ラシードは怯むどころか優雅に微笑んで小首を傾げた。

「すまんな。仕事相手がここで待っていると秘書に言われたものだから」

危うく「は?」と不穏な声を出しそうになった。ハーディーなら、ラシードはコンビニに行くと言っていたはずだが。

ごまかすにしても適当だ。この調子では今後も同じような真似をされかねない。もう一言くらい忠告しておくべきかと言葉を探していたら、木に凭れていたラシードが急に身を乗り出してきた。

上から覆いかぶさるように顔を近づけられ、喉元まで出かかっていた言葉が引っ込んだ。國行とて長身の部類に入るが、ラシードは輪をかけて背が高い。すらりとした長身なので遠目にはさほど大柄とも思えなかったが、こうして至近距離から見下ろされると広い胸や肩幅に圧倒されそうになった。

絶句する國行を見下ろし、ラシードは緩く目を細める。

「さっき、酔っ払いの襟を摑んでいただろう。あれは柔道か？　なぜ投げなかった？」

そういう技もあるだろう？　と首を傾げられ、むっと眉を寄せる。

「そんなことをしたらこっちが傷害罪で捕まります」

「正当防衛だろう」

「あの状態で投げ飛ばしたら過剰防衛です」

「だとしても示談で済ませられるぞ？」

いくらでも金で解決できるということか。金持ちの考えそうなことだ。

一度は聞き流そうとしたが、思い直して國行は大きく足を踏み出した。間合いを詰め、ラシードのジャケットの襟を摑む。見るからに高級そうなジャケットに皺が寄ったが知ったことか。

國行に襟を摑まれても、ラシードは驚いた顔をしない。それどころか興味深そうにこちらを見下ろしてくる。

「私のことを投げ飛ばすのか？　これだけの体格差があるのに？」

「問題ありません。足を払って重心を崩せばあっという間に投げ飛ばせます」

それよりも、とラシードを睨み上げる。

「柔道は基本的に畳の上で行われます。でもここはコンクリートの上です。そんな場所に、受け身もろくに取れない素人（しろうと）を頭から投げ落としたらどうなると思いますか」

相手は怪我をするかもしれない。打ち所が悪ければ後遺症が残ることもある。人生を狂わせてしまうかもしれないのに「示談で済ませる」などと簡単に言われ頭に血が上った。

「やってみましょうか、この場で」

ラシードの襟を摑んだまま低く言い放つと、ようやく相手の唇から笑みが消えた。

「格闘技のショーを眺めているつもりなら認識を改めてください。安全な観客席なんてありません。貴方だって、いつショーに駆り出されるかわかりませんよ」

國行を見下ろしたままラシードは動かない。國行の手を振り払うこともしない。

脅しをかけているのはこちらなのに、真顔で見下ろされるとなぜか背中に汗が浮いた。どこからこんな威圧感が出せるのだろう。相手の襟を摑んだ手を離すタイミングを失い微動だにできずにいると、ようやくラシードが口を開いた。

「それは怖いな」

言葉とは裏腹に、ラシードの目元に笑みが咲く。こんなときなのに、どきりとするほど艶やかな笑みだ。まるで意に介していない。

これ以上は言うだけ無駄だ。國行も頃合いと悟って襟を掴んでいた手を離す。

「私たちの仕事は貴方を護衛することです。追いかけっこをすることではありません。不要な仕事を増やさないでいただけますか」

國行は大柄な上に目つきが悪い。睨みつければ大抵の相手は怯むが、ラシードは別だ。完全にこの状況を面白がっている顔で國行の顔を覗き込んでくる。

「私相手に、なかなか思い切った口の利き方をするものだな？」

反省しているとも思えない言い草に呆れる。と同時に、本物の王族でもなければ出てこない言葉だな、などと場違いに感心していたら、大通りから誰かが駆け込んできた。

目の端を怪しい影が過った瞬間、体が動いてラシードの前に出ていた。駆けてきたのは先程の酔っ払いだ。ラシードたちから少し離れたところで立ち止まり、右手を大きく振りかぶる。何か投げつけるつもりか。なんであれこの体で受け止めるつもりで足を踏みしめた瞬間、後ろからとんでもない力で腕を引かれた。

酔っ払いにばかり意識が向いていたせいでろくな抵抗もできなかった。気がついたときはもう体を反転させられ、ラシードの胸にしっかりと抱き込まれて何も見えなくなる。

（うわ……っ⁉）

抱き寄せられた胸が思いがけず広くて息が止まった。自分より一回り大きな体にすっぽりと包み込まれて何度も目を瞬かせる。子供の頃ならいざ知らず、成人してからこんなふうに誰かから抱きしめられたのは初めてだ。

　声を上げようと息を吸ったら、鼻先をふわっと甘い匂いが掠めた。甘いだけでなく、少しスモーキーな香りだ。だが煙草とも違う。

　馴染みのない香りに意識を奪われかけたが、ばしゃっと水をぶちまけられる音で我に返った。足元に何かが転がってくる。中身の入ったビールの缶だ。

　目の端で再び酔っ払いが振りかぶるのが見えて、今度こそラシードの体を突き飛ばして前に出た。男が放り投げてきたのは小振りな酒の瓶だ。弧を描いて飛んでくるそれを受け止めるには体勢が悪く、とっさに拳で弾き飛ばした。瓶は地面に叩きつけられ、派手な音を立ててガラスが飛び散る。その音に驚いたのか、瓶を投げてきた張本人は悲鳴を上げて、あたふたと大通りに逃げていってしまった。

　追いかけるべきか迷ったが、ラシードをこの場に一人残すわけにもいかない。男を追うことは諦め、素早くラシードに駆け寄った。

「どこか怪我は！」

　ラシードは濡れた前髪をかき上げ「特には」と返す。

　ビールの匂いが辺りに漂い、ラシードが缶の中身をかぶったのだと悟り青ざめた。

　あの軌道なら、ラシードの前に自分が立っておけばこの体で缶でもなんでも受け止められるはずだったのに。まさかラシードが自分を庇うとは夢にも思わなかった。

國行は張り詰めた顔で、ラシードに向かって直角に腰を折る。

「申し訳ありませんでした。私がついていながら、こんな」

「ん？　構わん。たかが酒だろう」

ラシードは鷹揚に笑ったが、それは結果論だ。もし投げつけられたのがガソリンの入った容器だったら？　相手がライターでも持っていたら大惨事になっていたところだ。

「すぐホテルに戻りましょう。こちらへ」

インカム越しにラシードを発見したことを告げ、その腕を取ってホテルへ戻ろうとした、そのとき。

「待て」

それまで柔らかな口調で喋っていたラシードの声が突然低くなった。

瞬間、國行の体に劇的な変化が生じた。意思に反して足が止まり、そのまま動かなくなってしまったのだ。思うより早く、しかも無条件に相手の言葉に従ってしまった自分に驚いて、思わずラシードの顔を凝視してしまう。

ラシードは眉間を狭め、國行の右手をじっと見ていた。その視線を追いかけて、ようやく自分の拳から血が滴っていることに気づく。瓶を弾き飛ばしたときに切ったようだ。

「深く切っているようだな。止血だけでもしておこう」

右手を取られそうになり、國行はじりっと足を後ろに引く。一応足が動いたことにホッとしたが、やはり歩けない。爪先が痺れたようで、無理に動くとよろけそうだ。

手当てなんて悠長なことをしている場合ではないと頭では思うのに、ラシードに見詰められると視線でがんじがらめにされるように身動きが取れなくなった。立っていることも覚束なくなってよろけ、背後の街路樹に背中をぶつけてしまう。

「どうした、右手を出せ。応急処置だけでもしておこう」

「い、いえ……それより、早くホテルへ……」

傷ついた右手を体の後ろに隠そうとすると、腕を取られて引き寄せられた。

「動くな」

ラシードに低い声で命じられた瞬間、身じろぎどころか息すらできなくなった。

体の関節が固まってしまったようで動けない。空港に到着してからずっと泰然と笑っていたラシードが、初めて見せた険しい顔に気圧された。目を離せない。

一体どうしたことだろう。これまでどんな強面の輩に絡まれても怯んだことなど一度もなかったのに。困惑する國行を尻目に、ラシードが傷口に顔を近づける。

「……破片は入っていないようだな」

言うが早いか、ラシードが胸ポケットからハンカチを取り出し國行の手に当てた。光沢のある、肌触りのいい白いハンカチに血が滲んで、あ、と小さな声が出てしまう。

「痛むか？」

「い……いえ」

傷口がどくどくと脈を打っているが、痛くはない。でもラシードに触れられた指先が熱い。自分の反応に戸惑って黙りこくっていると、ラシードがひっそりとした溜息をついた。

「本当なら、今回の来日には日本のSPをつけるつもりだった。兄が来日するときも必ず使っているしな」

溜息が頬を掠めてどきりとした。ごまかすように「お兄様もよく日本へ？」と尋ねる。

「ああ、恋人がいるんだ。日本に限らず、世界各地にだが」

現地妻か。やはり金持ちにはろくな人間がいない。その理屈でいけばラシードもろくでもない人間のはずだが、ならばどうしてこんなに真剣に國行の傷口を見ているのだろう。

「直前で少しバタバタしてお前たちの会社に護衛を依頼したが、民間の警備会社は暴漢に襲われても武力で応戦しにくいだろう。だからと言って防戦一方ではこうして怪我を負う。反撃できるときは反撃してくれ。その後の始末はこちらに任せてくれていい」

「……示談で済ませる、と？」

「お前たちの身の安全を守るためだ。出し惜しみはしない」

さらりと口にされて言葉を失う。単に乱闘ショーが見たかったわけではなく、國行たちの安全を考慮しての発言だったたか。

傷口の血が止まったのを確かめ、ラシードは國行の手の甲にハンカチを巻きつけてきつめに縛った。

「他に怪我はないか？」

「はい……」

唇からこぼれた声が思いがけず夢見心地でぎょっとした。ラシードの優しさによろめきかけてしまったが、よくよく考えればラシードが勝手にパーティーを抜け出したのが悪いのだ。表情を改め、気丈に相手を睨みつける。

「こんなふうに護衛を庇うのは、金輪際やめてください。私たちの仕事は貴方を守ることであって、守られるいわれはありませんので」

言葉の途中で、ラシードの顔からすっと笑みが引いた。

怒らせたか。しかし依頼人の安全を守るためには必要な忠告だ。普段の國行なら言うだけ言って依頼人を振り返ることもしない。だが、今回に限っては声尻が震えた。

ラシードはただ黙ってこちらを見下ろしているだけなのに、重圧感が凄まじい。睨まれているわけでもないのに膝を折ってしまいそうだ。

街路樹に背中を預けてなんとか立っている國行に、ラシードが体を近づけてくる。顔の横に手をつかれたと思ったら、見る間にその顔が目前まで迫った。

「……私に説教をするその気概は評価するが、相手をきちんと認識しているか？」

低い声にぞわぞわと背筋の産毛が逆立った。目を逸らそうとすると、逃げるなとばかり顎を捕らわれ、無理やりラシードの方を向かされる。

「お前は他の依頼者に対してもそんな態度なのか？　命知らずだな。何か問題を起こす前に、その直情的な行動は控えるべきでは？」

濃い睫毛に縁取られたラシードの目に視線を縫い留められる。口を開いてみたが舌がへばりついて動かず、ごくりと唾を飲んでからもう一度唇を開いた。

「……申し訳、ありません」

ラシードは無表情で國行を見下ろし「謝罪はいらない」と言い放つ。こちらの言葉に耳を傾けることもできないほど立腹しているのかと冷や汗をかいたが、続くラシードの口調は思いがけず軽やかだった。

「正しいのはどう考えてもお前の方だからな。だが、正論に大人しく耳を傾けてくれる者ばかりではないだろう？　口の利き方は考えた方がいい。理不尽と思うかもしれないが」

ようやくラシードが身を離してくれて、その場に崩れ落ちそうになった。至近距離から見詰められるプレッシャーから解放されて全身が緩む。

タイミングよく大通りからバタバタと他の護衛たちが駆け込んできて、なんとか態勢を立て直して街路樹から離れる。

（依頼人の迫力に呑まれるなんて……）

いつの間にか額に汗が浮いていた。周囲に気づかれぬよう汗を拭い、何食わぬ顔で護衛に戻ろうとしたらふいにラシードがこちらを振り返った。

「お前の名前をまだ聞いていなかったな」

依頼人に名前を尋ねられることなど初めてだ。名指しで護衛を外す気だろうかと勘繰りつつ、「北河國行です」と名乗る。

「わかった。こんな場所まで来させてしまって悪かったな。ありがとう、國行」

そう言って、ラシードはビールで濡れた髪もそのままに笑った。

真正面からその顔を見てしまった國行は足を止め、他の護衛に囲まれてホテルへ向かうラシードの背中を凝視する。その背にはビールの染みがしっかりと残っているが、堂々と歩く姿には少しの情けなさもない。

ラシードの広い背中を見詰めながら、無意識に自分の胸に手を当てていた。急にどうしたことだろう。ワイシャツの上からでもわかるくらい、心臓が激しく脈を打っている。

ありがとう、という言葉とともに向けられた笑顔を思い出すと、体の内側がざわざわと落ち着かない。全身の血が炭酸水にすり替わったかのように泡立って、爪先から脳天まで甘く弾けていくようだ。身の内をざわつかせるものがなんなのかわからず胸元を握りしめていたが、しばらくしてようやくわかった。これは歓喜だ。

企業の重役相手に要人警護なんてやっていると、依頼人から直接「ありがとう」と声をかけられることなど滅多にない。多くは守られるのが当然とばかりふんぞり返っている。

だから礼を述べられるのは珍しく、喜ばしいことではあるのだが。

（それにしたって、この反応はおかしくないか……？）

シャツの上から強く押さえつけてみても、胸の鼓動は鎮まらない。

つい先程、國行を街路樹に追い詰めて、近距離から睨むようにこちらを見据えてきたラシードは怖いくらいの威圧感があった。抑揚の乏しい声は冷たく、思い出すと今も喉がぎゅっと締めつけられたようになる。

それなのに、最後の最後であの笑顔だ。わざわざ名前を聞いて、ありがとうと言ってくれた。

（なんだ、この飴（あめ）と鞭）

動くな、と言われた瞬間、本当に鞭でも振り下ろされたように背中が震えて足も止まった。決して大きな声ではなかったのに。あの目つきのせいか。あるいは声か。

どちらにしろ抗（あらが）えなかった。抗えるわけがない。

（だってあんなの、完全に理想のご主人様だろ……！）

自分がろくでもないことを考えている自覚はあったが、もう止まらなかった。ＳＭクラブに通い始めて早数年。國行はずっと、あんなご主人様を探し求めていたのだ。

胸のときめきを抑えることもできず、赤くなった顔を両手で覆う。

もしもラシードと出会ったのがもっとプライベートな場所だったら頭を下げて「ご主人様になってください！」と頼むこともできるのに。現実にそんなことをしたら、國行だけでなく会社の信頼にまで傷をつけてしまう。

（もっと違う出会い方ができていたら……！）

どうにもできないもどかしさに、國行は奥歯が軋むほど強く歯ぎしりをした。


重たい布団が心地よいことは子供の頃から知っていた。

三つ折りにして押し入れにしまわれた敷布団は重くて、その隙間に身を滑り込ませるとずっしりとした重みが全身にかかる。あの不思議な安心感。ひやりとしたシーツの感触と、肩や腕を圧する重さ。少しだけ息苦しくて、動けないのに心地よかった。

（動けないし息苦しいが、これではないんだな……）

ホテルの床に寝転がり、國行はぼんやりと瞬きを繰り返す。

國行は今、下着だけつけた状態で両手と両足を縄で縛られ、体の自由を奪われている。両手を後ろに回した不自由な体勢に加え、硬い床に寝転がっているので体が痛い。仰向けになると、手首に体重がかかって痛みが増した。

近くのソファーには四十代後半の男性が腰かけている。ＳＭクラブから出張してきたご主人様だ。ワイシャツにスラックスというごく普通の格好だが、その手には鞭が握られている。肩で息をしているのは、すでにさんざん國行を鞭で打った後だからだ。

床に寝転がったまま男を見上げていると、視線に気づいて相手が顔を上げた。國行がまるで興奮していないのを見て取ったのか、焦ったような顔で立ち上がる。

顔を歪(ゆが)めて鞭を振り上げる男を見て、國行は喉の奥で小さく唸った。

(違うんだよなぁ……)

容赦なく鞭を振り下ろされながら眉を寄せる。

ご主人様なら、相手の反応など窺(うかが)わないでほしい。もっと上位に立ってほしいのだ。こちらは体だけでなく心まで屈服させられたいのだから。

(相手が王子のときは、街路樹に追い詰められただけで腰砕けになったんだが……)

王子とはラシードのことだ。業務中は名前で呼んでいるものの、来日前からずっと王子王子と呼んでいたせいで、心の中ではすっかり王子呼びが定着してしまった。

背中で鞭を受けながら、一昨日(おととい)の晩のことを思い出す。これまで出会ったご主人様が味わわせてくれなかった高揚を、なぜラシードだけはたやすく与えてくれたのだろう。その理由が知りたくて、こうして仕事の合間になんとか時間を捻出してＳＭクラブが指定したホテルまでやってきたわけだが、やはり他のご主人様では心がざわつくことすらない。

(何が違うんだ……？)

躍起になって鞭を振るう男の荒い息遣いを聞きながら、七十分間のプレイ中、國行はひたすら首を傾げ続けた。

ＳＭクラブの支払いはプレイ前に済ませることが多い。だからプレイ後にご主人様と一緒にホテルを出ることは滅多にないのだが、今日は違った。

「本当にすみません。加減を間違えてしまいまして……」

ホテルではご主人様然として鞭を振り回していた男が、夜道で國行に頭を下げる。

「いえ、お気遣いなく。俺はこのまま帰っても問題ないくらいですし」

「そういうわけには。念のため店に来ていただいて、必要なら病院へも行ってください」

男がちらりと國行の右手に視線を向ける。プレイ中ずっと縛られていたそこには赤黒い痕が残り、指先も少し痺れたままだ。

痕だけなら問題もないのだが、体の末端に痺れが残ったことに男性は危機感を覚えたようで、プレイ後すぐにクラブへ連絡を入れていた。クラブの店長も謝罪がしたいというので、こうして二人で店に向かっている。

幸いにも、店に着く頃には指の痺れも解消されていた。店長からも改めて謝罪をされたが、縛られる際にもっと強くしてほしいと要求したのはこちらだ。不満もないので、むしろ手間を取らせたことを詫びて店を出た。

小さなビルの地下にある店を出て、薄暗く細い階段を上りながら溜息をつく。

地上はどぎついピンクのネオンに照らされ、その中を深夜に近い時間帯とは思えないくらい大勢の人が歩いている。酔っ払いたちの浮かれた顔を流し見て、國行は腕の時計に視線を落とした。明日は朝から引き続きラシードの護衛だ。早く帰ろうと時計から目を上げた瞬間、人込みの中に見知った顔を見つけて動きを止める。

周囲は人通りが多いのに、どうしてか視線が一点に吸い寄せられた。天から一筋スポットライトが落ちてきたのかと錯覚したくらいだ。足元の覚束ない酔っ払いや、そんな酔っ払いの袖を引く客引きたちがのっぺらぼうの書割に変わる。

國行の目に映るのは、その中を悠然と歩く背の高い男だけだ。

男はぴたりと体に沿う仕立てのいいスーツを着て、優雅な足取りでこちらに近づいてくる。瞬き一つで相手を籠絡(ろうらく)しそうな美しい目元に、唇を彩る甘い笑み。間違いない――ラシードだ。

原色のネオンが輝く猥雑(わいざつ)な街にはそぐわない上品な出で立(いた)ちに、周りの通行人たちも興味ありげにラシードを振り返る。その前後左右には國行の勧める警備会社の人間もいた。

着々とこちらに近づいてくるその姿を、しばし呆然(ぼうぜん)と見詰めてしまった。

(今日、こんな時間に外出する予定なんてあったか？　確かどっかの社長と会食して、そのままホテルに戻るはずじゃ……？)

夕食をともにしていたはずの社長の姿は近くに見受けられない。どうなっているのだと思っていたら、店の前に立ち尽くす國行にラシードが気づいた。

「なんだ、先回りをされたか」

スラックスにワイシャツという仕事中と代わり映えのない服装でいたせいか、ラシードは國行が護衛中だと勘違いをしたようだ。周りにいる同僚たちも、普段は硬派な國行がこんないかがわしい界隈にいるイメージがなかったのか怪訝そうな顔をしている。

いくら國行にMっ気があるとはいえ、同僚の前で己の性癖を暴かれるのは困る。必死で普段の無表情を装ってラシードに会釈をした。

「本日は夜に外出する予定はなかったように記憶しておりますが……」

「ああ、急遽出かけることにした。夕食をともにした御仁にこちらの店を紹介されてな」

そう言ってラシードが指さしたのは、たった今國行が出てきた店の看板だ。

ひゅっと喉が鳴った。まさか、とラシードの周囲に控える同僚に目を向け、その中にいた後輩の田島に大股で近づいて「間違いないのか」と尋ねた。

「え、あ、はい。急な移動だったんですが、きちんと事前に確認しました。住所も店名も、ここで間違いないですね」

確認を取っている間に、ラシードは躊躇なく階段を下りていこうとする。國行はとっさに階段の前に立ちはだかってその行く手を阻んだ。

「待ってください、確かにこの店で間違いありませんか？」

「ああ、ここでは特殊な衣装を扱っていると聞いてな。販路の拡大になればと」

「確かに……っ、特殊は特殊ですが……」

　事業家という肩書を持つラシードは、自国でアパレル会社を経営している。取り扱っているのはどれもごく一般的な洋服だ。中東の伝統的な意匠を色濃く反映した美しい刺繍（ししゅう）のワンピースや、鮮やかなスカーフ、ネクタイ。間違ってもボンデージなどではなかった。

　会食相手と一体どんなやり取りをしてこの店を紹介されたのか知らないが、ラシードが足を踏み入れるべき場所ではない。どう説明したものかと必死で思考を巡らせていると、ラシードが小首を傾げた。

「そういえば、お前はさっきこの階段を上がってきたな？　ここがどんな店か知っているのか？」

「それは……っ」

　知らない、と即答できなかった時点で知っていると答えたも同然だ。ラシードもそれがわかったらしく「なんの店だ？」と重ねて尋ねてくる。

　しかし、答えられない。言えば己の性癖がばれてしまう。この窮地をどう切り抜けるべきか悩んでいると、ラシードがさらに顔を近づけてきた。

「知っているのなら、答えを」

言え、と視線で促され、目線より高い位置から見詰められて唇が震えた。どうして突っぱねられないのだろう。末息子とはいえ、ラシードが王族の血を引いているからか。あるいは物心つく前から人を従えるべく育てられていた人だからだろうか。

黒曜石を砕いたような黒い瞳を見詰めていると抵抗する気力が根こそぎ萎えてしまって、國行は小さく口を開いた。

「……ＳＭクラブ、です」

緩くうねる前髪の下で、ラシードが軽く目を見開いた。さっと背後に目をやり、囁(ささや)くような声で「ＳＭ？」と繰り返す。同僚たちの耳に届かぬよう配慮してくれたのかもしれない。意外そうな目を向けられ、かぁっと頬が熱くなる。

俯(うつむ)いて表情を隠すと、ラシードがますます身を屈めてひそひそと囁きかけてきた。

「何か、仕事中か？」

「……いえ、趣味で」

適当に話を合わせておけば余計な恥もかかずに済んだのに、馬鹿正直に答えてしまって頭を抱える。

「普段から、よくここへ？」

「そこまで頻繁に来ているわけでは……」

「店内では何かショーのようなことをしているのか？」

「いえ、店でショーやプレイは行われません。客が近くのホテルを取って、そこで……」

耳の端まで赤くしながらも、國行は素直に答えを返す。

無遠慮な質問ではあったが、ラシードの声も表情も真剣で、こちらをからかう様子がなかったので嫌ではなかった。とはいえ恥ずかしいものは恥ずかしい。それでいて、もっと暴いてほしくなる。自分の反応が空恐ろしく、ラシードから逃げるように後ずさった。

「それ以上行くと階段から落ちるぞ」

ラシードが無造作に腕を摑んできて、痛みに軽く息を呑んでしまった。それを見咎めたラシードが、すかさず國行のシャツの袖をまくり上げてくる。

手首に残る赤黒い縄の痕が街灯の下に晒され、ラシードの視線がぐっとそちらに引き寄せられる。直前まで自分が何をしていたのか露わにするそれをラシードが見ている。そう思ったら、羞恥を覚える以上に興奮した。

國行の手首の痣を見ていたラシードが、ゆっくりと視線をこちらに向ける。

「……これも、プレイでついたものか？」

はい、と答えたつもりだったが、ラシードの指が痣に触れたせいで声が出なかった。撫でるような動きだが、ほんの少し力が加わればきっと痛みを覚えるはずだ。

この人に与えられる痛みはどんなものだろう。想像しただけで息が浅くなったが、続けて口にされた言葉で、火照った頭に冷や水を浴びせられた。

「金を払ってこんな目に遭っているのか？」

潜めた声でそう言われ、早鐘を打っていた心臓が竦み上がる。見上げた先にあったのは、心底理解に苦しむと言いたげなラシードの顰めっ面だ。

國行を非難するようなその顔を見たら、高揚していた気持ちが一気にしぼんだ。

（……嫌がられた）

受け入れてもらえなかった、と思ったら自分でも驚くほど傷ついた。これまでだってプレイ中に言葉責めと称して淫乱だの変態だのさんざん罵られてきたのに。そのときは、一度として心が波打つことなどなかったというのに。

あっと思ったときには視界が濁った。信じられないことに、この程度のことで涙目になってしまった。ラシードも驚いたように目を見開いたのが涙の膜の向こうに見えて、慌てて俯きラシードの手を振り払った。一礼して、そのまま傍らを通り抜ける。

人込みを縫って駅に向かいながら、何度も瞬きをして眼球に張った水気を飛ばした。被虐趣味が一般的なものでないことも、同じ趣味を持つのでもない限り嫌厭されることもわかっていたのに傷ついて、子供みたいに泣くなんて我ながらどうかしている。

（どうしてこんなにめちゃくちゃな気分になるんだ――）

胸をかき乱される理由が自分でもわからず、國行は全身を包む戸惑いを振り払うように足早に駅へ向かった。

日本で過ごすラシードの生活は規則正しい。朝は七時に朝食を取り、九時にはホテルを出て視察に向かう。昼食は誰かと取ることもあれば、コンビニで適当に買ってきたものを車中で食べることもある。夕食も会食などがなければホテルで済ませる。ホテルに戻った後もしばらくはハーディーと部屋で仕事をしているようだが、二十三時を過ぎる頃にはハーディーも自室に戻り、その後は朝まで部屋から出てくることもない。

ＳＭクラブの前で國行と鉢合わせをした翌日も、ラシードはそれまでと変わらず移動中の車内にまでノートパソコンを広げて仕事をしていた。

國行は車を走らせながら、その姿をバックミラーでちらりと見遣る。

（……てっきり何か言われるかと思ったが）

いかがわしい趣味がばれてしまったのだから、ラシードの要望で警護を外されることも覚悟していたのだが、青野からはなんの通達もなく、これまで通り警護を続けることになった。ラシードも特に何も言ってこない。

仕事さえこなしてくれれば、護衛がどんな趣味を持っていようと問題ないということだろう。とやかく言われないのはありがたい、と思うのに、気がつけば指先で苛々とハンドルを叩いている自分がいる。

こうも反応がないと、興味がないと切って捨てられたようで一抹の淋しさを覚えた。これまでは、依頼人にどう思われているかなんて考えたこともなかったのに。

かつてない感情に振り回されながらも目的の縫製工場へ向かう。

自身もアパレル企業を経営しているラシードは、アパレル企業の本社だけでなく、その路面店や縫製工場にも足を運ぶ。様々な知識を吸収しようとしているのか、滞在できる時間ぎりぎりまで粘って、手の届く範囲にいる相手に片っ端から声をかけているのが意外だった。

さらに意外なことに、重役でもなんでもない平社員に話しかけるときのラシードは常に笑顔で、思った以上に気さくだ。

縫製工場でも、見学の途中にすれ違ったパートの女性たちに親しげに声をかけていた。絶世の色男に突然声をかけられた女性たちは途端に色めき立ち、自身の息子と年が変わらないのだろうラシードに寄ってたかって茶菓子を勧めようとして、國行たちが必死で止める羽目になった。

工場見学を終え、近くのコインパーキングへ向かう。ラシードの前を國行が歩き、車道側と背後にそれぞれ別の護衛がつく。周囲を警戒しながら歩いていると、ふいにラシードが口を開いた。

「工場に勤務しているのは女性がほとんどだったな」

傍らにいるハーディーにでも話しかけているのかと思ったが、返事がない。ちらりと振り返ると、ラシードがまっすぐにこちらを見ていた。ハーディーは隣で誰かと電話をしている。自分に話しかけているのだと理解して、危うく足がもつれそうになった。

「そ――そうですね」

「楽しそうに働いていて何よりだ」

ラシードの目元が緩んで、どきりとした。あんな趣味がばれた後だ。こんなふうに親しげに話しかけられることなど、もう二度とないだろうと思っていたのに。

ひたひたと胸に押し寄せてくる安堵と歓喜に戸惑う。ラシードはそれに気づかぬ様子で、足を速めて國行の隣に並んできた。

「我が国にも、ああして女性が働ける場が多くあればいいのだが」

「……ラシード様の国は、女性が働きにくいものですか？」

中東の女性たちは全身を黒い衣装で覆い、夜も外を出歩けなかったり、食事も家族以外の男性とは同席できなかったりして何かと制限が多いと聞く。職に就くのも一苦労なのかと思いきや、返ってきたのは想像と異なる回答だった。

「働きにくいというより、働く必要はないと言った方が正しいかな。多くの家は家計が潤っているし、女性は結婚した後メイドを雇って家にいるのがほとんどだ。労働の大部分は出稼ぎに来ている海外労働者が担ってくれる」

どこの大金持ちの話だと思ったが、ラシードの国ではそれが一般的らしい。

「でしたら、無理に女性が働く必要もないのでは……」

「だが、働くことは金銭を得るための手段というばかりではないだろう。社会に関わることでもある。メイドの整えた家で家族の帰りを待つだけでなく、自ら働き、自身の世界を広げることも、幸福な生き方の一つではないか?」

働くことを尊ぶような言い草に目を丸くした。石油産出国の王様なんて、玉座に座っているだけで湯水のように金が湧いてくるだろうに。汗水流して働くなんて馬鹿らしい、と鼻で笑っているイメージだったが違うらしい。

「お前の言う通り無理に働く必要はない。だが、家の外に出たいと思った女性に等しくその選択肢があることが望ましいな。仕事が生きがいになることもある。あの工場の女性たちは仕事の合間にお喋りをして、お茶を飲んで、気持ちいいくらい明るく笑っていた」

次々と菓子を勧めてきた女性たちの姿を思い出したのか、ラシードが目を細める。

これまでと変わらぬ笑顔に目を奪われていたら、ラシードと國行の間からハーディーがずいっと身を乗り出してきた。

「護衛風情が、王子にみだりに話しかけないでくださいますか」

そう言って眼鏡の奥から國行を睨みつけてくる。こちらから話しかけたわけではないと釈明する間もなく、ハーディーは「早く参りましょう」とラシードの腕を摑んで國行たちを振り切るように前に出てしまう。慌てて二人を追いかけたそのとき、國行たちが車を止めているコインパーキングから一台のバイクが飛び出してきた。

（バイク？）

目の端でそれを捉え、妙だと思った。あのコインパーキングにはバイクを止めるスペースなどなかったはずだ。

こういう仕事をしていると、微かな違和感に命拾いすることは多々ある。バイクに目を向けると同時に、運転手が乱暴にハンドルを切って急旋回した。道路には出ず、歩道を走ってこちらに突っ込んでくる。

國行は猛然と走ってラシードたちの前に出ると、二人を背後に庇って叫んだ。

「下がってください！　あちらの路地へ！」

周りにいた同僚たちも異変に気づき、ラシードを取り囲んで路地へと押し込んだ。その間もバイクはこちらに走ってくる。スピードを緩めることもない。國行は歩道の真ん中で仁王立ちになって、走りくるバイクをぎりぎりまで引きつけた。

「よせ！　逃げろ！」

他の護衛を振り切って、ラシードが路地から大声を上げる。冷静さを欠いたその声が耳に届いたのか、バイクに乗っていた運転手がわずかに右へハンドルを切った。それを視認した國行は、バイクの行く手を阻むように同じ方向へ走り出す。

避けたつもりの國行が追いかけてきて、運転手は慌てたようにさらにハンドルを切る。おかげで車体がバランスを崩した。その機を逃さず、傾いたバイクの横っ面に渾身の蹴りを叩き込む。

バイクが横倒れになり、運転手の体が歩道の植え込みにのめり込んだ。覚束ない足取りで逃げようとする運転手を取り押さえていると、ラシードも路地から飛び出してくる。

「おい！　大丈夫なのか！　なぜあんな危ない真似を――」

背中に手を添えられ、びくりと体が跳ね上がった。軽く触れられただけなのに、ラシードの手だと思っただけで体が過剰に反応する。まるで傷口にでも触れられたようなその反応に気づいたのだろう。ラシードの手がさっと背中から離れた。

國行は動揺を押し隠し、ラシードを振り返らないまま「問題ありません」と淡々と告げた。

「すぐに警察を呼びます。ラシード様はこのままホテルにお戻りください」

同僚にラシードを任せ、國行はその場に残ってインカムで応援を要請する。

車に乗り込むラシードの姿を横目で確認して、ようやく深く息を吐いた。弾みで肌にワイシャツが擦れ、昨日鞭打たれた場所に微かな痛みが走る。今の今までそこに鞭痕が残っていたことさえ忘れていたのに、ラシードに触れられた途端、あんなに露骨な反応をしてしまうなんて。

（……どうかしているぞ）

昨日SMクラブの前でラシードと遭遇したとき、この人に与えられる痛みはどんなものだろうなんて想像してしまったのがいけなかったのか。

ラシードのそばにいるだけで気もそぞろになってしまう自分が理解できず、國行は己を戒めるようにきつく唇を噛みしめた。

通報から間もなく警察がやってきて、バイクで國行たちのもとに突っ込んできた男は連行された。後から確認した話では、男は酒を飲んでいたらしく運転中の記憶が曖昧だそうだ。特定の人物を狙ってあんな危険な運転をしたわけではなかったと強く主張しているらしい。

現場にいた國行も警察の聴取を受け、終わるとすぐにラシードたちが滞在しているホテルへ向かった。ラシードたちが宿泊しているフロアでエレベーターを降り、聴取の間持ち場を代わってくれた同僚に礼を言って警護に戻る。今日はこのまま日付が変わるまで護衛を続けたら國行の仕事も終了だ。

フロアには他に客の姿がない。ラシードたちがワンフロアを貸し切っているからだ。警護に集中できるのでありがたい半面、フロアを丸ごと貸し切るなんていくらかかるのだろうと想像して気が遠くなる。世の中には唸るほど金を持っている人間もいるものだ。

耳鳴りがするほど静かな廊下に立ち、微動だにせず警戒を続けていると目の端で何かが動いた。素早くそちらに目を向けると、ラシード本人が部屋から顔を出したところだ。廊下に立つ國行に気づいたのか、人差し指を軽く動かし近くへ来るよう促してくる。

部屋の前へ行ってみると、ラシードが大きくドアを開いた。

その向こうから現れた姿を見て國行は声を失う。これまでスーツ姿しか見たことのなかったラシードが、黒の民族衣装を着ていたからだ。

ゆったりとしたズボンに、膝まで隠す丈の長い上着。立襟には金の糸で細かな刺繍が施されている。まばゆいくらい見事な刺繍は、胸元のボタン周りまで続いていた。

見惚(みと)れて声も出なかった。もともと異国情緒の漂う顔立ちが、民族衣装を着ることでさらに際立った印象だ。仕立てのいいスーツをさらりと着こなす姿も目を惹いたが、自国の服を身にまとうとさらに男ぶりが上がって惚(ほ)れ惚(ぼ)れした。

ラシードを凝視して身じろぎすらできずにいたら、「入れ」とだけ告げられた。

要求は短い。理由も説明してくれない。「仕事中なので」の一言で退ければいいものを、断るという選択肢が頭から飛んでしまった。真正面からラシードに見詰められ、もう一度「入ってくれ」と言われたらもう逆らえない。

辛うじて残った理性でインカムのスイッチを入れ、フロアを警備している者にラシードの部屋に入ることを告げた。自分が抜けた場所を別の者にフォローしてもらってから室内に足を踏み入れる。

ラシードが寝泊まりしているスイートルームは、ホテルというより高級マンションの一室のようだった。入って正面に伸びる廊下には白い大理石が敷かれ、天井も高い。

突き当たりのドアを開けると、だだっ広い部屋の向こうに一面の夜景が広がっていた。

街を一望できる大きな窓に目を奪われながら部屋に足を踏み入れた國行は、鼻先を掠めた甘い香りに気づいて足を止めそうになった。この匂いを知っている。前にラシードに抱き寄せられたときも感じた匂いだ。

あのとき、横顔に押しつけられたラシードの胸は広かった。そんなことまで思い出してしまい、かぁっと顔が赤くなった。別のことに意識を逸らそうと室内に視線を走らせる。

大型テレビとソファーの置かれたリビングは優に二十畳はあるだろうか。対面式のキッチンまである。キッチンの近くにはダイニングテーブルと椅子が置かれ、そちらに目を向けて初めてハーディーもいることに気づいた。

テーブルに置いたノートパソコンに何か打ち込んでいたハーディーは、部屋に入ってきた國行を見て軽く顔を顰めた。警護を始めた初日から薄々気づいてはいたが、どうも自分はハーディーに快く思われていないらしい。

「ハーディー、悪いが今日の仕事はここまでにしてくれ。彼と少し話がある」

「その者と、話ですか？」

ハーディーから不躾な視線をぶつけられたが、國行自身どんな用件でラシードに呼ばれたのかわからないので居心地悪くその場に立ち尽くすしかない。

「個人的な話だ。仕事は関係ない。お前もたまにはゆっくり休め」

ハーディーは唇を軽く開いたものの、國行の視線に気づいた様子で声を呑む。その姿を見て、國行は軽い違和感を覚えた。

（この人たちは、相手が日本人でなくとも日本語を喋るんだな）

日本企業の役員や、國行たち相手に日本語で話しかけるのは理解できる。だが、自国の者同士で喋るときくらい母国語を使ってもよさそうなものを。思い返してみれば、日中にラシードとハーディーが二人で会話をするときも必ず日本語だ。

不思議に思っていると、ハーディーが溜息とともに眼鏡のブリッジを押し上げた。

「……ラシード様が、そうおっしゃるのでしたら」

どう見ても納得しかねた様子だったが、ラシードの言葉に逆らうつもりはないらしい。大人しく席を立ち、一礼して部屋から出ていく。もちろん、最後に國行を睨みつけるのは忘れずに。

部屋に二人きりになると、ラシードはソファーの前に立って國行を手招いた。

「座れ」

命じられた瞬間、直前まで頭を占めていた疑問などどこかへ吹っ飛び、ふらりとソファーへ近づいていた。用件を聞くのが先だと思うのに、夜空の一番暗いところを閉じ込めたようなあの目に見詰められると声も出ない。

顎でソファーを示されて、恐る恐る腰を下ろす。ソファーの前のローテーブルには、金色の聖杯のようなものが置かれていた。中からうっすらと煙が上がっているが、香の類だろうか。座った途端、室内に漂う甘い香りが強くなった。

ソファーの隅に腰かけた國行の横に立ち、ラシードは腕を組んで何も言わない。

黒い民族衣装を着たラシードからは、スーツを着ていたときには感じなかった威厳のようなものが漂っていて落ち着かない。相手が中東の王子だということは理解していたつもりだが、事ここに及んでようやく自分のような庶民とは明らかに階級の違う人なのだと心から理解した。

まともにラシードを見上げることもできず俯くと、インカムから青野の声がした。状況を尋ねるその声が漏れ聞こえたのか、ラシードが軽く身を屈めて國行の耳に触れてくる。

「……っ」

指先が耳に触れただけで声を上げてしまいそうになった。鞭で打たれても声を漏らしたことなどなかったのに。

硬直する國行の耳からインカムを奪ったラシードは、それに口を近づけて言い放つ。

「しばらくこの者の時間を借りたい。その間警護の仕事から外してくれ。構わないな？」

言うだけ言ってスイッチを切り、インカムをテーブルに置いたラシードが言う。

「脱げ」

「えっ」

さすがに驚いて声を上げてしまった。ラシードの顔は真剣そのもので、どうやら冗談の類ではなさそうだ。しかしなぜだ、なぜそんなことを命じられなければならない。

(なんでそんな——ご、ご主人様みたいなことを……!?)

説明もなく、大上段に命じられて体が芯から熱くなる。驚いたが、それ以上に興奮する自分に大いにうろたえた。

もしやラシードにもそういう趣味があるのだろうか。いや、単に上着を脱いで寛(くつろ)げという意味かもしれない。そうだ落ち着け、そちらの方がよほど現実的だと自分に言い聞かせながらジャケットを脱いでラシードを見上げると、すぐさま次の言葉が飛んできた。

「ワイシャツもだ。上半身裸になれ」

はわ……、と情けない声が漏れかけた。こんなのもう、護衛スタッフに命じる範疇(はんちゅう)を超えている。わかっているのに断れない。震える指で言われるままネクタイをほどき、ワイシャツのボタンを外す。腕時計も外すよう指示され、時計をインカムの隣に置いた。

ワイシャツを脱ぎ落とすと、素肌に空気が触れてひやりとした。

膝に手を置き、改めて自分の体を見下ろす。手首には昨日の縄の痕がくっきりと残っているし、鞭で打たれた背中や肩もひどいミミズ腫れになっていることだろう。こんなものを見てどうしたいのかとおずおずとラシードを見上げた國行は、その顔を見て息を呑んだ。ラシードは、眉間にきつく皺を寄せて國行を見ていた。見たくもないものを見たとでも言いたげなその表情に、ドキドキと脈打っていた心臓を握り潰されたような気分になる。

自分で脱げと言っておいて、どうしてそんな顔をするのだろう。

嗜虐趣味なんて他人に誇れるものではないことくらい自覚していたが、ラシードに顔を顰められると、趣味嗜好だけでなく自分を丸ごと否定されたような気分になった。寒さのせいばかりでなく背中に小さな震えが走る。

「……申し訳ありません、お見苦しいものを」

掠れた声でそれだけ言って、しおしおとワイシャツに手を伸ばす。それを羽織ろうとしたら、「待て」とラシードに止められた。これまでとは違う、少し慌てたような声で。

隣に腰を下ろしたラシードに目を向けてみたら、その顔が少し滲んで見えた。この程度のことで涙目になる自分に戸惑ったが、ラシードは輪をかけてうろたえた様子でもう一度「待ってくれ」と言った。

「違う、お前の趣味や嗜好を否定したいわけではない。痛々しくて見ていられなかっただけだ」

ラシードは遠慮がちに手を伸ばして國行の肩に触れると、肌に残る鞭の痕を目で追って、痛ましそうに眉を寄せた。

「こんなにも痛めつけられて、日常生活に支障はないのか？　今日だって、私が背中に触れただけで体をびくつかせていただろう」

「そ、それは……」

鞭を打たれた場所が痛んだわけではなく、ラシードに触れられたから動けなくなったのだ、とは言えない。自分でもなぜそんな反応をしてしまったのかよくわからないからだ。

口ごもっていると、ラシードの顔に浮かぶ心配そうな表情が濃くなった。

「あの店は質が悪いんじゃないのか？　それとも日本ではこれがスタンダードなのか？」

「いえ、プレイスタイルは個人によるので、別にこれが一般的なわけでは……。店も、あのグレードならいい方です。もっと粗雑な店も掃いて捨てるほどありますし」

「本当か？　他国の人間でもよければ、信頼のおける主人を紹介してもいいぞ？」

「そ……っ、そんなお知り合いが？」

「直接の面識はないが、それなりに人脈はある。探せばすぐにでも見つかるはずだ」

喋りながら、ラシードはずっと國行の肩を掌で包んだままだ。ときどき労るように撫でられて息が止まった。痛いことをされると興奮する質だと思っていたのに、こんなふうに優しく触れられても鼓動が乱れるとは。なんとか息を整え、小さな声で尋ねる。

「ただの護衛でしかない自分に、なぜそこまで……？」

戸惑いを含ませた國行の言葉を、ラシードはあっさりと笑い飛ばした。

「お前には一目置いているんだ。一介の護衛でありながらこの私に説教をしたんだからな」

「その節は、ご無礼を……」

「いい。むしろあの気の強さが気に入った。言葉だけでなく仕事もきっちりこなすしな。瓶を拳で叩き落とす姿には惚れ惚れしたぞ」

機嫌よく笑っていたラシードが、そこでふっと言葉を切った。表情に真剣味が差して、國行も姿勢を改める。

「昨日は無神経な言葉でお前を傷つけてすまなかった。職務中は何が起きても眉一つ動かさなかったお前が、あんな泣きそうな顔をするものだからさすがに反省した」

あの顔を見られていたのかと思ったら居た堪れない気分になった。俯くと、肩に触れていた手が動いて顎に指をかけられる。指先で上向かされ、視線だけでがっちりと動きを拘束された。

「探せばもっと上手く調教してくれる主人もいるだろう。どんな主人が望みだ？　己の本心に従って素直に答えてくれ」

昨日の失言に対する詫びのつもりなのだろう。遠慮するな、と促されて答えに詰まる。

まっとうに考えれば「結構です」と断るのが最善だ。相手は依頼人なのだし、明日からも護衛は続く。わかっているのに心が揺れた。口にするべきではないと思うのに、ラシードに素直に答えろと言われると嘘がつけなくなってしまう。

唇を戦慄かせ、國行はラシードの目を見詰めて答えた。

「……貴方がいい、です」

笑顔で答えを待っていたラシードが、軽く目を瞠った。驚かれるのも当然だが、本当のことなのだから仕方ない。

ラシードは決して高圧的ではないのだが、どうしてか強く『従いたい』と思ってしまう。己の要求が通ることを疑いもしない自信に満ちた態度にひれ伏したくなる。他の誰でもない、ラシードがいいのだ。

断られることはわかっていたが、願望を口にできて少しすっきりした。それだけで満足だと身を離そうとしたら、ラシードがきっぱりとした口調で言った。

「わかった、叶えよう」

「はい、無理を言ってしまって申し訳……えっ？」

断られる前提で謝罪しようとしたのに、想定と違う言葉が耳を打って目を丸くした。目だけでなく口まで丸くした國行を見て、ラシードがおかしそうに笑う。

「どうした。お前の望みを叶えようというのに。嬉しくないか？」

「まさか！　嬉しいです！　でも、その……」

本気だろうか。うろたえる國行を眺め、ラシードは美しく微笑む。

「お前には守られてばかりだからな。今日だって、私に向かって突っ込んできたバイクの前になんの躊躇もなく立ちはだかっただろう？」

「……それは、仕事ですから」

「仕事とはいえ、お前は私のために命を懸けてくれているのだから。この程度の労いはさせてくれ」

「ですが、貴方にそのような趣味嗜好は……」

「ないな」

即答だった。そうだろうなと思う半面、落胆も隠せない。それをラシードに気取られぬよう、慌てて目を逸らす。

「でしたらそんな、無理をさせるような真似は……」

「無理だと思うなら端からやるなどとは言わない。それに、他人を痛めつける趣味はないが、お前のように強く美しい男を征服できるんだ。なかなか興をそそられる」

ラシードのような男に美しいなどと言われるなんて恐れ多くて首を横に振ったが、謙遜だとでも思われたのか楽しげに笑われるばかりで取り合ってもらえない。

「何はともあれ、やってみよう。最初に確認しておきたいが、お前はＳｕｂで間違いないな？」

「サブ……？　ですか？」

ぴんと来ずに首を傾げると、むしろラシードの方が驚いたような顔をした。

Ｓｕｂというのは Submissive の略で、日本語では『従順な』という意味になる。日本でよく使われるＭに該当する言葉で、海外のＳＭ用語だそうだ。

反対に、これまで國行がご主人様と呼んでいた相手、いわゆるＳはＤｏｍ（ドム）と呼ばれる。こちらは Dominant の略で、『支配的な』の意味を持つそうだ。

性別に関係なく、支配する側とされる側をＤｏｍ／Ｓｕｂと呼び分けているらしい。

改めて國行がＳｕｂだと確認したラシードは、優雅に微笑んで床を指さした。

「Ｄｏｍと同じ目線で座っているのは居心地が悪いだろう。床に座っていいぞ」

本気でこのままプレイをするつもりかと戸惑ったが、命令には逆らえない。毛足の長い絨毯が敷かれた床に正座をして、ラシードを見上げる。

大の男が上半身裸で床に座り込んでいるというのに、ラシードはそれを平然と見下ろして動じない。むしろ面白がっている節がある。長い脚を投げ出してゆったりとソファーに座るその姿を見上げた國行は、かつてない高揚に襲われて腰が砕けそうになった。

思った通り、理想のご主人様だ。悠然と見下ろされて喉が鳴る。遠慮なく他人を観察する目にじりじりと肌を焼かれるようだ。

体から力が抜け、ふらふらと両手を床についてしまった。なんとか首だけは起こして一心にラシードを見上げていると、ゆるりと目を細められた。

「どうした、息が上がっているぞ」

「……も、申し訳ありません」

「はは、従順な犬のようだな。いい子だ」

ラシードが笑いながら手を伸ばしてきて、國行の顎の下を撫でる。それだけで、背骨からめためたと力が抜けて突っ伏してしまいそうになった。

(こ、こんなことで、こんなふうになるのか、俺は……⁉)

これまでは、強く叩いてほしいとか、きつく縛ってほしいとか、とにかく肉体的な苦痛を求め続けていた。そうやって痣や傷が残るほどの仕打ちを受けても不満しか残らなかったのに。座れと言われ、素直に座ったことを褒められただけで、こんなにも腹の底から満たされた気分になるなんて夢にも思わなかった。

今にも崩れ落ちそうになっている國行に気づいたのか、ラシードが自身の膝を叩く。

「ここに頭を預ければいい」

そんな気安い真似はできないと尻込みしたが、促すようにもう一度膝を叩かれて陥落した。四つ這いでおずおずとラシードに近づいて、その膝に頭を預ける。

「素直でよろしい」

くしゃりと頭を撫でられると、嬉しくて頭が芯から溶けそうになった。

「さて、具体的にはどうしてほしい？　私はこの手のプレイをしたことがない。お前が指示を出してくれ。どんなプレイがお望みだ？」

後ろ髪を指で梳かれ、唇から溜息が漏れた。飼い主に甘える犬の気分だ。このまま頭を撫で続けてもらうだけでも十分気持ちがよかったが、ラシードが答えを待っている。

「俺……いえ、私は、どんなプレイでも……」

「叩かれたり、蹴られたりしないと満足できないのでは？」

髪を撫でていた手で首裏を撫でられ、そのまま背筋に指が這う。背中のミミズ腫れに触れられ、鞭を振り下ろされた直後のように肌が熱くなった。

「た、叩かれても……満足したことはないので、無理はしなくても……」

「そうか。私も無抵抗の相手に拳を振り上げるのは抵抗があるな」

しばし考え込んでから、ラシードはソファーの上に放り出されていた國行のネクタイを手に取った。

「視界を奪われた経験は？」

え、と思わず顔を上げてしまった。

プレイ中、ご主人様に目隠しをねだったことは一度もない。興奮より、見えないことに対するストレスが上回る気がしたからだ。

だが、相手がラシードならどうだろう。想像して、ごくりと喉を鳴らしてしまった。

「……経験はありませんが、お願いします」

ラシードは鷹揚に笑うと、國行に俯くよう促してネクタイでその目元を覆った。頭をぐるりと一周するようにネクタイを巻きつけ、後頭部で端を縛る。

「少し幅が足りないか？　まあ、お前が目を開けなければいいだけの話だな。私がいいと言うまで目は開けないように」

「はい」と従順に返事をした。視界を奪うのはネクタイそのものではなく、目を開けるなというラシードの命令だ。

「手首に痣が残っているが、これは縛られた痕だな？　どうする。縛られたいか？」

目をつぶっているせいか、ラシードの声が前よりはっきり耳朶を震わせる。

欲求を口にする恥ずかしさを押し殺し、小さく頷いた。

「し……縛ってください……」

ＳＭクラブのご主人様には「もっと強くしてください」だの「一本鞭がいいです」だの好き勝手要求できたのに、ラシード相手だと羞恥が湧いてきて声が小さくなってしまう。完全に自分の趣味につき合わせている自覚があるだけになおさらだ。

「わかった。ソファーに座って私に背を向けてくれ」

國行はゆっくりと立ち上がり、手探りでラシードの隣に腰を下ろす。言われた通り背中を向け、両手を腰の後ろに回した。すぐに腕を取られ、何かでぐるりと腕を縛られる。幅の広い布だ。國行のワイシャツか。

　ほどけないようにきつく縛られ、喉の奥から小さな声が漏れる。

「痛んだか？」

「……いえ」

　痛みはないが、ラシードの手で自由を奪われたことに興奮する。乱れそうになる呼吸を必死に宥（なだ）めていたら、首筋にふっと温かな息がかかった。

「項（うなじ）が真っ赤だ」

　耳の裏で声がして、びくりと肩が跳ねる。背中に胸がつく距離にラシードがいるのがわかって背筋が震えた。視界を閉ざしているせいか、いつもより肌が敏感だ。首裏にすぅっと指を這わされ背中が丸まった。

「國行は、痛みで性的な快感を得るのか？」

　右の肩甲骨の上、昨日鞭を振り下ろされた場所を指先が掠めて息を詰めた。微かな痛みに神経が集中してしまう。

「いえ、そんな……そんなことは……」

「そうなのか？　この傷をつけられたときは？　性的に興奮しなかったのか？」

「しません、そんな――」

　プレイの最中に性的な興奮を覚えたことなどない。初めてのプレイではさすがに高揚したり興奮したりしたが、それでも体温が上がる程度で勃起するには至らなかった。昨日に至っては終始冷めた気分で、額に汗が滲むことすらなかったくらいだ。

嘘ではない。それなのに、耳の裏でラシードが小さく笑った。

「だったら今日だけ、特別か？」

背骨を撫で下ろす指が、脇腹を辿って腹に回る。スラックスの上から下腹部に触れられ、國行はぎくりと身を強張らせた。

ラシードが触れたそこはすでに硬くなっていて、項だけでなく耳まで一気に赤くなった。本当にいつもは違うのだと訴えたくて小さく首を横に振る。

「そうか。なら、やはり今日は特別なんだな」

ラシードが笑うたび、首筋や肩に息がかかる。くすぐったくて身をよじると、左の肩甲骨に走る鞭の痕に唇を押し当てられた。

ひっ、と短い声が漏れる。驚愕して目を開けてしまいそうになり、慌ててきつく瞼を閉じた。

背中に唇を寄せられ、スラックスの上から下腹部を撫でられて、見る間に自身が硬く張り詰めていく。後ろで手を縛られているため抵抗らしい抵抗をすることもできず、震える声で訴えた。

「や、やめてください……！」

「なぜ？　もう少し痛い方がよかったか？」

肩甲骨に軽く歯を立てられ、ラシードの手の中で自身が一層硬くなった。

「よさそうだが？」

ラシードがからかうような口調で言う。自分の言葉を裏切って昂ってしまう体に猛烈な羞恥を覚え、國行は何度も首を横に振った。

「ほ、本当に……やめてください……」

「やめていいのか？」

不思議そうな声でラシードが言う。

「それとも、嫌がっていることを無理やりされるのが好きなのか？」

國行の本音を測りかねているような声だ。もう一度「やめてほしい」と訴えれば、きっとラシードは身を離すだろう。そう思ったら、声が喉につかえて出てこなくなった。

黙り込んだ國行の肩にラシードが顎を載せてくる。耳の際まで赤くして小さく震える國行を見て、ふむ、と鼻から息を吐いたようだ。

「嫌だ嫌だと抵抗することに興奮するＳｕｂもいるらしいからな。それは構わないが、本当にお前が嫌がっているときにやめてやれないのは困る。セーフワードでも決めておくか？」

「セ、セーフ……？」

「なんだ、嗜虐趣味がある割にこの手の知識に欠けているな？　今までどんなプレイをしてきたんだ？」

怪訝そうな声を出しつつ、ラシードは丁寧にセーフワードについて教えてくれる。

「セーフワードは、プレイ中に受け入れられない行動を強いられたときＳｕｂが使う言葉だ。セーフワードが出たらＤｏｍも必ずプレイを中止する。そういうルールだ」

どんな言葉にするかは特に決まりがない。ただ、「嫌」だとか「やめて」ではセーフワードなのか口先だけの抵抗なのか判断がつかないので、通常の会話では出てこないような、少々特殊な単語であることが多いらしい。

「『赤』という単語を選ぶ者も多いな。赤は危険を示す色だろう」

ラシードが肩に顎を載せたまま喋るので、耳の裏に吐息がかかって落ち着かない。何がいい、と問われても上手く考えがまとまらず、ラシードに委ねた。

「そうだな、赤い……果物にでもするか。ルンマーンはどうだ。日本語ではなんと言ったかな。丸くて、内側から爆ぜて、ルビーのような小さな実がこぼれてくる」

目が見えない分、首筋にかかる吐息を鮮明に感じる。腕を縛られ身動きもできない。室内に焚かれた香の匂いは異国のそれで、どんどん日常が遠ざかっていく。

國行は首を前に倒し、震える声で答えた。

「……ザクロ、ですか」

「ああ、それだ。母がよく言っていた。ザクロだ」

機嫌のいい声がしたと思ったら、耳の裏に唇を押しつけられた。

「どうしても耐えられないと思ったら『ザクロ』と言うんだ。いいな？」

「は……っ、はい……」

よし、とラシードが頷く。見えなくても満足げに笑っているのがわかって、それが嬉しくて、胸の奥からとろとろと溶けてしまいそうになった。

「まずは背中の傷を見せてくれ」

ラシードが軽く身を引いて、國行の肩を押してくる。促されるまま、両足を床に下ろした状態でソファーにうつ伏せになった。大きく腰を捻る上に、肩で上半身を支えることになるので見た目以上に苦しい体勢だ。

じっとしていると、前触れもなく背中に触れられた。くすぐったい、と思った次の瞬間、鞭の痕を指で撫でられ肌に緊張が走る。

「まだ痛むか」

「……多少は」

「だろうな。服で擦れるだけでも痛むのでは？」

「その程度の痛みなら、無視できますので……」

左の肩から肩甲骨にかけて走る痕を、ラシードがゆっくりと撫で下ろす。

「護衛中もずっと痛みを覚えていたのか？　そのたびこんなふうに興奮していたのか」

背中にラシードがのしかかってきた。無理やり捻っていた腰に負荷がかかって関節が軋みを上げる。重くて、息苦しくて、でもラシードのまとう甘い香りが強くなってくらくらした。

ラシードの手が前に伸びて、またスラックスの上から下腹部に触れられた。先程よりも硬くなったそれを確かめるように指で辿り、ラシードは微かに笑う。

「いやらしいな。あんなに凛々(りり)しい顔で護衛をしていたくせに」

「仕事中は……っ、こんなことには……」

言いきらぬうちにバックルを外されて息を呑んだ。スラックスのボタンに手がかかり、慌てて身をよじろうとしたら動きを封じるように背中から体重をかけられた。

「や、やめてください……」

スラックスのボタンを外され、ファスナーを下ろされる。震える声で訴えたが、返ってきたのは楽しげな声だ。

「セーフワードではないな？」

ならば止める必要もないと言いたげに、下着の上から屹立(きつりつ)を握り込まれた。

スラックスの上から触れられたときよりずっと鮮明な感触に肌が粟立(あわだ)つ。プレイ中に性器に触れられるのも初めてで、緊張で全身が強張った。

「あ……あっ……」

下着越しにゆるゆると扱(しご)かれ、喉を締め上げられたような声が出る。

気持ちがいい。でもそれ以上に、ラシードがどんな気持ちでこんな行為に及んでいるのかわからない。労いのため、と言われたが、それだけで同性相手にここまでできるものだろうか。

ラシードは今、どんな顔で自分に触れているのだろう。見えないだけに悪い想像ばかり膨らんでしまう。傷だらけの肌を晒して、ほんの少し触れられただけではしたなくも興奮してしまう自分に呆れているのではないか。

何が何やらわからないうちにプレイに及んでしまっただけに、ラシードを信頼して身を委ねることができない。

（せめて、顔が見られたら――……）

興奮から一転、不安がひたひたと胸に押し寄せる。

体は熱いのに頭の芯が冷えていくようで身を震わせていると、背中からのしかかっていたラシードがわずかに身を起こした。

「どうした。気分でも悪くなったか？　セーフワードを使ってもいいんだぞ」

思ったよりもラシードの声が優しくてホッとした。でも、声だけならいくらでも繕える。

顔が見たい。視界を奪われるのは怖い。セーフワードを使おうとして、直前で唇を噛みしめた。この程度で音を上げたら、ラシードが興ざめしてしまうかもしれない。

無言で首を横に振ったが、震えは止まらない。國行の背に胸をつけているラシードにはそれがしっかりと伝わっているようで、耳元で低い声がした。

「なんのためにセーフワードを決めたと思っている。使え」

声だけでラシードの機嫌が急下降したことがわかって身が竦んだ。大丈夫だと言い張ることも、今更セーフワードを使うこともできず黙りこくっていると、押し殺した溜息が耳を掠めた。

「自分さえ我慢すれば済むとでも？　己を無下に扱う人間は嫌いだ」

嫌い、という言葉に自分でも驚くほど傷ついた。背中からゆっくりとラシードの体が離れていく。背中がすぅすぅと寒くて、行ってしまう、と思ったら、腹の底を絞られるような絶望感に襲われた。

「ご……っ、ごめんなさい……！　待ってください、まだ——……っ」

「セーフワードは？」

体こそ離れたが、ラシードはソファーから立っていない。これが最後のチャンスだと悟り、國行は唇を震わせながら口を開いた。

「……ザクロ」

弱々しく震えた声しか出ない。早々に音を上げてしまったことが情けなく、目の端にジワリと涙が浮かんだところで背中からラシードに抱きしめられた。胸の前で腕が交差して、前のめりにしていた上体を抱き起こされる。

「よし、よく言えたな。何が辛かった？　この体勢か？　それとも体を触られるのが嫌だったか？」

先程の不機嫌な声音から一転、耳に吹き込まれた声は底なしに優しかった。それだけでひどく安堵してしまって、ラシードに凭れた体から力が抜ける。

「……目、目が……見えないのが……」

「ああ、何も見えないのが不安だったか」

ラシードは呆れるでもなく國行の目元を覆うネクタイをほどいてくれる。それでもなお目を閉じていると「開けていいぞ」と促され、やっとのことで瞼を上げた。

「言いつけ通りきちんと目をつぶっていたか。偉いな」

後ろから優しく頬を撫でられ、恐る恐る振り返る。視線の先で、ラシードはゆったりと笑っていた。

「セーフワードもきちんと使えたな。途中でプレイを止めるのは勇気が要っただろうが、追々慣れていってくれ。お前の身を守るものだ。……どうした？」

國行はラシードを見詰めたまま、小さく目を瞬かせる。

「てっきり、セーフワードを使ったら叱られるかと……」

「なぜ？　最初に言っただろう、無理だと思ったらセーフワードを使うようにと。私との約束を守ったのに、なぜ叱る必要が？」

「……そういう、ものですか」

心底ほっとして呟くと、ラシードが声を立てて笑った。

「なんだ、叱られるのが怖かったのか。本当に仕事中からは想像もできない姿だな。それでもきちんとセーフワードを使えたんだ。よく頑張ったな、いい子だ」

褒め言葉に、ぐらりと頭の中が煮立ったようになる。

プレイ中に褒められるなんて初めてだ。ご主人様にそんなことは望んでいないと思っていたのに。さんざん迷って、躊躇して、やっとの思いでセーフワードを口にしたことを褒められたら、骨の髄まで満たされて体を起こしていられなくなった。

ずるずると脱力して、全体重を預けてしまってもラシードの体は揺らがない。かつてない充足感にとろりと目を潤ませる國行の髪にキスをして機嫌よく笑っている。

「さあ、ご褒美をやろう」

言うが早いか、下着の中にラシードが手を滑り込ませてきた。

直接握り込まれて背中がしなる。暴れて逃げようとすると、こら、と耳を噛まれた。

「その状態のまま部屋を出るわけにもいかないだろう……？」

廊下には同僚たちが数名控えている。前屈みで部屋から出たら不審の目を向けられるのは免れない。いたずらに耳に歯を立てられ、國行は肩を竦めてラシードを振り返った。

「こ、こんなこと、貴方は、抵抗がないんですか……」

嫌々つき合わせているなら申し訳ない。ラシードの顔に少しでも嫌悪の表情があればすぐにでも身を離すつもりでいたが、その顔に浮かんでいたのは楽しそうな笑みばかりだ。

「そうだな、こんなふうに同性の体に触れるのは初めてだが、抵抗はないな」

「……本当、ですか？」

「嘘をつくことにどんなメリットが？」

喋っている最中も、ラシードは國行の屹立を握る手をゆるゆると上下させる。

「最初に言っただろう。お前のように強く美しい男を征服できるなんて、そそられるものがある」

先走りがラシードの手を汚し、粘着質な水音が室内に響き始めた。羞恥で耳をふさぎたくなったが、両腕はまだ後ろで縛られたままだ。もどかしく肩を揺らす國行にラシードも気づいたらしい。

「腕もほどくか？　それとも、このまま？」

こちらを覗き込むラシードの顔は甘やかすようなそれで、どんな望みも口にすれば叶えてくれそうだ。唇が緩んで、素直な欲望がこぼれ落ちる。

「こ……このまま、で……」

不自由な体勢で、剝き出しの下半身を隠すこともできずいいように追い上げられることにひどく興奮した。

ラシードが目を細める。嫌悪も軽蔑もない、大らかな眼差しに心臓を鷲摑みにされた。

「要求を隠さなかったな。大変よろしい」

「ん……っ、あ……はっ、あぁ……っ」

こめかみにキスをされ、大きな掌で幹をこすり上げられて腰が跳ねる。

ぬるついた手の感触が気持ちいい。先端のくびれを指で弄られると声を殺せない。かつてない速さで追い上げられ、國行は掠れた声を上げた。

「ま、待ってくださ……っ、これ以上、もう……っ！」

今にも達してしまいそうで身をよじったが、もう一方の腕ががっちりと腰に回されて身動きが取れない。ラシードは手を緩めるどころか一層激しく國行を煽り立て、その首筋に唇を押し当てた。

「どうした、出していいぞ」

「む、無理です……！」

相手は依頼人だ。必死でその手から逃れようとしたが、ラシードの拘束は緩まない。

「怖がるな。見ていてやるから、このまま達してしまえ」

ラシードの言葉で、はしたない姿を後ろからじっくりと観察されているのだと強く意識してしまった。瞬間、体の中心を貫いたのは羞恥ではなく、蜜のように甘い快感だ。ぐずぐずと淫らな音を立てて手を動かされ、爪先を丸めて息を詰める。

「ひっ、あ、あぁ……っ！」

先端を爪が掠め、微かな痛みが引き金になって全身を震わせた。ラシードの手の中のものも小さく痙攣（けいれん）して、白濁としたものがその手を汚す。

息を詰めてギリギリまで堪（こら）えていたせいか、酸欠で耳鳴りがした。肩で息をしながらふらふらとラシードの胸に凭れかかると、褒めるようにこめかみや額にキスをされる。

「きちんと私の言葉に従えたな。初めてのプレイで上出来だ、素晴らしい」

「……っ、う……」

手放しで褒められて、体の芯が蕩（とろ）けていく。偉い、いい子だ、と頭を撫でられ、抱きしめられて、指先が痺れるほどの多幸感に酔いしれた。

（なんだこれ……こんな、こんなに気持ちよくなるなんて——……）

単純に射精したときの快感とは違う。長くたゆたうような心地よさが続くのは初めてだ。ラシードの言葉に応えられたという達成感と、褒めてもらった歓喜で胸がはち切れそうだった。目を閉じると、瞼にラシードの唇が降ってくる。

「疲れたろう、ゆっくり休め。気力も体力も万全に整え、明日からはまた私を守ってくれ」

柔らかな声。ああ、そういえばこれは仕事に対する労いだったな、と頭の片隅で思ったのを最後に、國行の意識は薄れていく。

相手は依頼人で、これは労いで、それ以上の意味はない。改めて自分に言い聞かせたら、ほんの少し、胸の表面を引っ掻(ひか)かれたような小さな痛みを感じた。

けれど微かな痛みは優しく髪を撫でられる心地よさに押し流され、精査する暇もなく消えてしまったのだった。

生まれてこの方、金に困ったことなどないだろう中東の王子様が異国で市場視察なんて、その実態は単なるバカンスに違いない——などと思っていた過去の自分を殴りたい。

来日から六日目。ラシードは都内を中心にアパレル企業の視察や商談を行い、若手デザイナーとも積極的に顔合わせをしている。かと思うと女性支援の団体を訪ねたりして、自国の女性たちを自立させる道を模索しているようだ。思ったよりも断然真面目(まじめ)な態度で、王族に対して偏見を持っていた自分を恥じた。

ラシードは日本の伝統工芸にも興味があるらしく、今日は朝から都内にある染め物職人の工房を訪ねていた。

都内とはいえ、都心から離れた西部に位置するその工房は、一見すると田舎(いなか)の一軒家にしか見えない。工房は同じ敷地内にある離れのような平屋だった。

応対してくれたのは、齢八十に迫ってもなお現役の職人を続け、この工房の社長も務めているという男性だ。相手が異国の王子だとわかっているのかいないのか、古びた応接室に頓着もなくラシードを案内して、改まった様子もなく自家製の麦茶を出す。同行していたハーディーは神経質そうに眉をひそめたが、ラシードは笑顔で麦茶に口をつけ、気負いなく社長と会話をしていた。

「工房は随分と人が少ないようですが、今日は休みですか？」

「やってるよ。でもうちは従業員の数自体が少ないからね。普段から静かなもんだ。若い職人もなかなか育たない」

「技術の継承が難しくて？」

「いや、給料が安すぎて」

安価で品質が安定している機械製品に比べると、手染めの着物や帯は単価が跳ね上がる。この工場の職人たちも食べていくのがやっとだと、社長は苦笑いをした。安価で手軽に新しい服を買うのが当然という現代の風潮の中、手間暇かけた高価な服をどう売り広めていくかは頭の痛い問題だ。

「しかし、伝統工芸は廃れたらそこまででしょう。職人の育成には時間もかかる。国で支援をしなければ」

「あんた若いのにいいこと言うねぇ。このご時世、個人で職人を育てるのは限界がある。あんたみたいな人が国のトップに立ってくれたら俺ら職人も安泰だなぁ」

やはり社長は相手が中東の王子だと理解していなかったようだ。背後で護衛をしていた國行はひやひやしたが、ラシードが終始機嫌よさそうに笑っていたので胸を撫で下ろした。

社長と話をした後は、工房の中を見学させてもらった。

工房では時折ワークショップも行われており、参加者に染め物体験をしてもらっているそうだ。

作業場の細長いテーブルには、木版でできたスタンプのようなものがいくつも籠(かご)に収められていた。あれに染料をつけ、布に押し当て模様を作るらしい。

ラシードの後をついて歩いていた國行の足取りがわずかに鈍る。視線が籠の中のスタンプに吸い寄せられた。

仕事中にしては珍しく意識がぶれてしまい、雑念を振り払うように首を振る。前を見ると、社長に先導されて工場内を見学していたラシードがこちらを見ていた。

ハーディーと何やら熱心に話し込んでいる社長に一声かけてからこちらへやってきたラシードは、國行の傍らで足を止めると木版のスタンプに目を向けた。

「染め物に興味があるのか？　珍しくよそ見をしていたようだが」

「……申し訳ありません」

「叱っているわけではないぞ？　お前にしては珍しい反応だったから興味が湧いただけだ」

ラシードの口調に普段と違うところはない。ちらりと見遣った横顔にも寛いだ笑みが浮かんでいる。しかし國行はどんな顔をすればいいのかわからない。ラシードの顔を見ると、二日前にホテルの一室でプレイまがいのことをしてしまったことを何度でも思い出してしまう。

あの日、後ろ手を縛られたままラシードの手で達してしまった國行は、あり得ないことにそのまま意識を失って、次に目覚めたときはソファーの上で寝かされていた。

ラシードが後始末をしてくれたのか乱れた衣服は整えられ、体にはブランケットまでかけられて、逐情した痕跡は欠片も残っていなかった。

辺りを見回してみるがラシードの姿はなく、代わりにシャワールームから水音がした。

國行はどんな顔でラシードと相対すればいいのかわからず、ラシードがシャワーを終えるのを待たず逃げるように部屋を後にしたのだった。

己の痴態を思い出し、今度こそラシードから青野になんらかの報告が行くのではないかと覚悟していたが、翌日も変わらず國行はラシードの護衛を務めることになった。ラシードも、日中は前夜の出来事などまるで匂わせない。

國行は一日中そわそわして、昨夜はまた部屋に呼ばれるのではと緊張しながらホテルの廊下で夜の警護をしていたが、結局ラシードから声がかかることはなかった。

「ここでは初心者向けのワークショップも開かれているそうだが、お前もやってみたいか？」

緩く微笑んでそんなことを尋ねてくるラシードは、ホテルの一室で行われたことなどすでに忘れたような顔だ。一昨日のあれは一夜限りの気まぐれで、きっともう二度と國行が部屋に呼ばれることはないのだろう。

ほんの少しだけ、恨めしいような気分になった。一晩でこれまでの価値観を一変させられてしまったのは國行だけで、ラシードはちょっと変わった経験をしたくらいにしか思っていないに違いない。

とはいえ、いつまでもこんなことにこだわっていては仕事に支障が出る。國行は意識して大きく息を吐くと、ラシードに倣ってなんでもない調子で答えた。

「子供の頃、学校の課外授業で染め物をしたことがあるんです」

「ほう。何を染めたんだ？」

「ハンカチを」

薄い紫色のハンカチに、木版で大きな花の模様をいくつもつけた。花の色は赤。自分で使うためではなく、母に使ってもらおうと選んだモチーフだ。

國行の言葉に耳を傾けていたラシードが、目元に優しい笑みを浮かべる。

「それは母君に大層喜ばれただろう」

そうですね、と答えたものの、ラシードの目を見返すことはできなかった。嘘だとばれたらその笑顔が曇ってしまいそうで。

実際には、母は喜ぶどころか困惑したような顔をした。國行が差し出したハンカチを、受け取るか否か迷うような仕草すら見せたのだ。

最後はきちんと受け取ってくれたし、ありがとう、とぎこちなく笑ってくれたが、母があのハンカチを使う姿を見たことは一度もない。そのことを指摘すると、「大切だから使うのがもったいなくて」と困ったような顔で言われた。

だったらどうして、弟が修学旅行のお土産に買ってきた手鏡はハンドバッグに入れて持ち歩いているの。そう尋ねることはできなかった。答えなんてわかり切っていたからだ。

随分と昔のことを思い出してしまった。就職してからは実家にもほとんど戻っていないし、母や弟のことを思い出すのも久々だ。

ハーディーに呼ばれ、ラシードは社長たちのもとへ戻っていく。なんの躊躇もなく自分のそばから離れるその後ろ姿を見遣り、やはりあの夜のことなどラシードにとっては取るに足らないことなのだなと、小さな溜息をついた。

自分だけ忘れられないなんて馬鹿みたいだ。そう思わずにいられなかった。

染め物工房の見学を終えると、次は織物工場に車を走らせた。

東京の西に位置するこの一帯は、古くから養蚕と織物が盛んだったらしい。その名残か街路樹は桑が多く、織物や染め物の工場も多く残っている。

訪れた織物工場は先に見学した工房と同じく、大きな平屋の敷地内に作業場を構えていた。職人の数は少なく、高齢化も進んでいる。一番若い職人でも五十代だそうだ。

工場では機械織だけでなく手織りの技術も踏襲されていて、ここでもラシードは熱心に職人たちの話を聞いていた。皺だらけの手を組んだ工場長が、「伝統工芸が未だに生き残っているのは、その珍しさや歴史的価値ばかりによるものではないと私は考えます」と熱心に語るのに相槌を打つラシードの横顔は、真剣そのものだ。

「人の手でしか作れない、微妙な色合いや緻密な柄の美しさが人の心を捉えるからだと私たちは思っています。消費者の方々が、それを忘れないでくれるといいな、とも」

工場長の話は尽きず、ラシードも飽かず質問をするものだから、見学を終えて外に出る頃にはすでに日が落ちかけていた。

わざわざ表まで見送りに来てくれた工場長に手を振られ、國行はラシードたちを先導するため車を発進させる。そのすぐ後ろから、ラシードたちを乗せた車もついてきた。

今日はこのままホテルに戻る予定だ。高速に乗るとすぐ、インカムで後ろの車から通信が入った。ラシードがパーキングエリアに寄りたいと言っているらしい。

本当なら事前に予定のない場所で休憩を取るのは控えてほしい。不測の事態に対処しきれないからだ。とはいえ、依頼人が休みたいと言っているのに無視することもできず、パーキングエリアに車を滑り込ませた。

車を二台並べて止めると、すぐにハーディーが護衛を引き連れ車を降りてきた。ラシードに買い物でも頼まれたのだろう。國行の乗る車の傍らを通り抜け、いそいそと売店へ向かった。ラシードは車で護衛と待機だ。後部座席の窓ガラスにはスモークが貼られているので中の様子は見えないが、書類と睨めっこしている姿が目に浮かぶ。

「俺もちょっとトイレ行ってくる」

助手席に座っていた同僚も車を降り、車内は國行一人になる。抜かりなく周囲を警戒していると、サイドミラーの中で何か動いた。鋭くそちらへ視線を向けた國行は、危うくシートから腰を浮かせそうになる。車からラシードが降りてきたからだ。

同乗していた護衛も外に出ようとしたが、ラシードはそれを押し止め、まっすぐ國行の乗る車に近づいてきた。助手席の窓を叩かれ、慌てて鍵を開ける。

ラシードが助手席に乗り込むと、車内にふわっと甘い香りが漂った。ホテルで焚いていた香の匂いだ。日本ではあまり馴染みのない甘くスパイシーなその匂いは、國行にとってラシードの匂いに等しい。プレイ中にずっと感じ続けていた匂いでもあり、嫌でも落ち着かない気分になってきつくハンドルを握りしめた。

「……どうされました、急に」

辛うじて声を出すと、ラシードが助手席から身を乗り出してきた。端整な顔が間近に迫り、うっかり体を後ろに引きそうになる。

「染め物工房を出てから、お前の顔色が優れないようだから気になった。大事ないか？」

「と、特に問題はありませんが……」

「そうか、ならいい。ついでにこれを」

ラシードがスーツのポケットから何かを取り出した。とっさに片手を差し出すと、光沢のある布を押しつけられる。細長いそれは、ネクタイのようだ。

「先程の織物工場で買った。急いでいたので包みも何もないが」

淡い緑に灰色を混ぜたような柳葉色のネクタイには、細いストライプが入っている。それも一色ではなく、鮮やかな緑や、孔雀(くじゃく)の羽の模様に似た青緑、かと思えば落ち着いた海松色(みるいろ)が、太さもランダムに織り込まれて複雑な色合いを作り出していた。

「お前に似合いそうだと思って」

何が何やらわからずネクタイを凝視していた國行は、ようやくそれがラシードからのプレゼントだと気づいて緩慢に顔を上げた。

こちらを見詰めるラシードは、本心から國行を案じているようだ。こんな表情をさせてしまうなんて、自分は一体どんな顔で警護をしていたのだろう。恥ずかしい。でも、気にかけてもらえて嬉しい。心臓が急に張り切って脈を打ち始め、頬や耳に熱が集まる。

こんなものは受け取れません、と言うべきだ。報酬はすでに金銭で受け取っている。本来口にすべき言葉が次々頭に浮かぶのに、それは泡沫のように弾けて消えて声にならない。せっかくラシードが選んでくれたネクタイを手放したくなかった。飼い主からおもちゃを与えられた犬のように、強く握りしめて自分の胸元に引き寄せる。

「……ありがとうございます」

素直に礼を言うと、ラシードの目元に浮かぶ笑みが深くなった。

懐の深さが窺える笑顔に自制心がぐらついた。数日前から言おうかやめようか迷っていたことを思い出して視線をさまよわせていると、ダッシュボードに肘をついたラシードが、「どうした？」と声をかけてくる。

「何か言いたいことがあるなら早めに言わないと、ハーディーが戻ってきてしまうぞ」

はっとして売店へ目を向ける。こうして二人きりで過ごせるのも彼が帰ってくるまでだ。迷いを振り切り、ジャケットのポケットから小さな紙袋を取り出した。

「これは？」

不思議そうな顔で袋を受け取ったラシードに、消え入るような声で答える。

「……ハンカチです。以前、お借りしたものを血で汚してしまったので」

すぐに洗濯したものの、血がついたものをそのまま返すのも気が引けて新しいものを買い直していた。

「ずっと持ち歩いていたのですが、渡す機会がなく……」

言いながら、言葉が本心を上滑りしていくようで唇を嚙む。

本当は、ハンカチを渡す機会くらいいくらでもあった。でも渡せなかった。いざ渡そうとすると怖気づいてしまったその理由に、今頃気づいて深く俯く。

染め物工房に行ってはっきりと自覚した。ラシードになかなかハンカチを渡せなかったのは、母親に手染めのハンカチを渡したときのことを無意識に思い出していたからだ。

こんなものを渡しても戸惑った顔をされるのではないか、どこかに押し込まれたきり一度も使ってもらえないかもしれない。そんなことを考えてしまって差し出せなかった。

ラシードは黙って袋からハンカチを取り出す。

仕事の合間に、都内のデパートで買ったブランド物のハンカチだ。さらりとしたシルクは落ち着いた紫色だが、オレンジの縁取りがあるので目を引く。

どんなハンカチを買えばいいのかわからず迷っていたら、店員が「お贈りする相手はどのような方ですか？」と尋ねてきたので、派手な美形だと答えたらこれを勧められた。

今更ながら、派手すぎたかと不安になる。持ち運ぶのに邪魔だからと箱を捨ててしまったことも後悔した。安物だと思われるかもしれない。びくびくしていると、ラシードがふわっと口元をほころばせた。

「わざわざ用意してくれたのか」

言うが早いかジャケットの胸ポケットに入れていたハンカチを引き抜き、代わりに國行からもらったハンカチを差し込む。

「ありがとう。早速使わせてもらう」

ポケットの上からハンカチを叩き、にっこりと笑ったラシードは本心から嬉しそうな顔をしていて、それを見たら息苦しいくらい心臓が高鳴った。喜んでもらえたのが嬉しくて、でもそれをどう表現していいのかわからず、俯いて何度も頷く。

ラシードは口元に柔らかな笑みを浮かべ、おもむろに國行のネクタイに指を伸ばした。

「せっかくだ。お前もつけてみてくれ」

結び目に指をかけられ、あっという間にネクタイをほどかれた。もらったばかりのネクタイも奪われ、ラシードが手ずから國行のネクタイを結ぼうとしていることに気づいて慌てて身を引いた。

「じ、自分でやります」

「いいから。大人しくしていろ」

ジャケットの襟元を摑まれ、軽く引き寄せられただけで動けなくなった。どんなに短い言葉でもラシードの命令に逆らえないのは相変わらずで、言われるまま顎を上げてネクタイを結んでもらう。

ときどき首筋にラシードの指が触れ、そのたびに体がびくついた。

最後にきゅっと結び目を整えられ、ネクタイが喉を圧迫した。少し息苦しいくらいの締めつけで、息をついたら思ったよりも熱っぽい吐息になってしまって慌てた。

ラシードは薄く目を細めて國行の襟元を正す。

「このネクタイは私がほどく。それまでは決してほどくなよ」

閉め切られた車内でも聞き逃してしまうくらいひそやかな声で囁かれ、どきりとした。目を上げれば、ラシードが長い睫毛をゆっくりと上下させる。

「――今夜、私の部屋に来るように」

ただでさえネクタイが締まって息苦しかったのに、心臓が高鳴ってますます息が乱れた。もう部屋に呼ばれることもないだろうと思っていただけにすぐに返事ができずにいると、ネクタイの端を軽く引かれた。

「返事は?」

ラシードの声も眼差しも甘い。國行が断ることなどあり得ないと信じ切っている顔だ。

実際、國行は抗えない。リードを引かれる犬のようにラシードに身を寄せ「はい」と頷くばかりだ。

「いい子だ」

ネクタイを摑んでいない方の手で喉元を撫でられ、満たされた深い溜息をついてしまった。それからはたと我に返り、慌ててラシードから体を離す。

「あの、ただ、ネクタイだけはもう少し緩めていただけますか。こちらに気が行って、職務に集中できなくなってしまうので」

　ラシードはネクタイから指をほどくと、ほう、と興味深そうな声を出した。

「それはいいな。そうやってネクタイをつけた私のことばかり考えていたらいい」

　冗談めかして言われたが、國行は真顔で首を横に振る。そもそも仕事中はラシードのことしか見ていないし、ラシードを守ることしか考えていない。だからこそ、喉に食い込むネクタイは問題だ。確実に國行の集中力を削(そ)いでしまう。

「緩めてください。貴方の命に関わることです」

　まっすぐラシードを見詰めて訴える。

　ラシードの顔から笑みが消え、車内に沈黙が落ちた。きっとホテルの一室で同じ状況に陥ったら無言の圧力に屈していただろうが、今は仕事中だ。ラシードから目を逸らすことなく「お願いします」と繰り返せば、ラシードの目元に笑みが戻った。

「やはり仕事中だと完全には私の言いなりにならないな。だが、そこまで言うなら自分で緩めればいいのでは？」

「それは、でも……」

「『ほどくな』と私が言ったからか？　そういうところは従順だな」

助手席からラシードの手が伸びる。ネクタイを緩めてくれるのかと思いきや、わしゃわしゃと頭を撫でられた。

ペットを撫で回すような手つきで國行の頭を撫で、ふふ、とラシードが笑う。

「素直で従順で、可愛(かわい)らしいものだな。世のＤｏｍがＳｕｂを囲いたがる気持ちもわかる」

ひとしきり國行の頭を撫で回して気が済んだのか、やっとラシードがネクタイを緩めてくれた。息苦しさが消え、大きく息を吸い込んだところで頬を両手で挟まれる。続けざまに、唇に軽くキスをされた。

ペットの鼻先にするような軽いものだったが、國行は目を見開いて硬直する。

同性にキスをされたのは初めてだ。しかしあんなプレイをした後だからか、不思議と嫌悪感はない。とはいえやっぱり驚いた。キスなんて恋人としかしたことがない。

よほど間の抜けた顔をしていたのか、ラシードは肩を震わせて笑って助手席のドアを開けた。

「残念だが時間だ。それでは、また夜に」

そう言って車を降り、隣の車へ戻っていく。

窓越しに呆然とその姿を見ていた國行だが、ふと視線を感じて正面に目を戻し、さぁっと顔を青ざめさせた。

フロントガラスの向こうには、売店で買い物を終えたハーディーと、それを護衛している同僚たちがいた。ハーディーはわなわなと肩を震わせ國行を睨んでいて、その後ろに控える同僚も愕然とした表情だ。國行がラシードにキスをされていた場面はばっちり見られていたらしい。

言い逃れもできず目を泳がせていると、ハーディーが大股でこちらにやってきた。運転席の窓ガラスからぎろりと國行を睨みつけ、荒っぽい仕草で隣の車に乗り込んでいく。何を言われたわけでもないが、憤怒の表情を見ればハーディーの言いたいことは手に取るようにわかった。お前のような平民が我が主に手を出すとは——とかなんとか言いたいのだろう。手を出されたのは國行の方だが。

すぐに同僚も車に戻ってきて、ぎこちなく声をかけてくる。

「お……おい、北河、今……」

「……言うな」

國行はハンドルに額を押しつけて呻く。何も言ってくれるな。何を問われたところでろくな説明ができない。

どうかしているのは百も承知だ。でも自分をコントロールできない。この場で深く煩悶してしまいそうになり、國行は勢いよく顔を上げた。

(駄目だ、迷うな、今は仕事中だ)

依頼人の命を預かる立場だ。一瞬の迷いが危険を招きかねない。そう己に言い聞かせ、大きく息を吐いて車のエンジンをかける。

直前まで浮かんでいた困り果てた表情は一瞬で消え、人を寄せつけない険しい顔つきが國行の横顔に戻る。その鮮やかな切り替えを隣の車からラシードが見守っていたことなど、職務をまっとうしようと必死になる國行は知る由もなかった。


ラシードの来日から丸一週間が経過した月曜の朝。前日の夜からラシードの部屋の前を警護していた同僚と交代し、國行はホテルの廊下に立つ。

体の前で手を組み、廊下の角々に視線を向ける國行の眼光は鋭い。だが、遠くにラシードの部屋の扉が見えてしまうと目に見えて視線がぶれる。

（……昨日も、凄かった）

うっかりすると頬が火照ってしまいそうで、慌てて首を横に振る。

昨日の夜、國行はラシードの部屋に呼ばれた。

仕事の後に部屋に呼ばれるのは、昨日で実に三回目だ。一回目は何がなんだかわからないうちにプレイが始まり、二回目はネクタイをプレゼントされた夜、それからさらに昨日の夜と、二日に一度のペースでラシードに呼ばれている。

「お前はよく働いてくれているから、その労いだ」などとラシードは言うが、他の同僚だって同じようにラシードを護衛している。自分ばかり労われるのはおかしいのではと思うのだが、おいで、と手を差し伸べられると抗えない。当然自分の手を取るだろうと信じて疑っていない顔で両腕を広げられるその威力たるや――。

「詰まる話が、お前はあの王子様に気に入られたんだな」

二度目に部屋に呼ばれた後、國行を呼び出した青野からは諦め顔でそう言われた。國行が車内でラシードにキスをされていたことを他の同僚から聞き及んだらしく、青野はすっかり國行がラシードからセクハラされていると思い込んでいた。

「証拠を揃えて訴えるか？　金の力で雑に解決されるのが関の山だと思うが……」

あるいは護衛を外れるかと青野から提案されたが、國行は無言で首を横に振った。それを愛社精神と自己犠牲からくる行動と見なされ、青野からは本気で謝られてしまったが、要らぬ心配というものだ。

（どう考えても、王子の方が俺の趣味につき合ってくれている感じだしな……）

ラシード自身にＳＭの趣味はないようだし、プレイにつき合ってくれるのは好奇心によるところが大きいのかもしれない。それでいて、プレイ中はひどく丁寧に國行を扱う。殴られたり蹴られたり、鞭を振るわれるようなことはない。國行は従順にラシードの言葉に従うばかりだ。

昨日は部屋に入るなり、服をすべて脱ぐよう命じられた。

黒の民族衣装をきっちりと着こんだ相手の前で自分だけ裸になるのは相当に抵抗があったが、ラシードの命令だ。羞恥を押し殺してジャケットを脱ぎ、ネクタイを外し、シャツを脱ぎ落とした。

ベルトまでは外せたが、スラックスのボタンに指をかけたところでさすがに動きが止まった。躊躇していると、ラシードに柔らかく声をかけられた。

「セーフワードを使うか？」

ギブアップに等しいそれを使っても、ラシードは怒らない。むしろ「限界を感じる前に使えて偉い」と褒めてすらくれる。わかっていても、やはりセーフワードはぎりぎりまで使いたくなかった。怒られることに怯えているわけではない。最大限の努力をしてラシードの要求を叶え、もっと褒めてほしいからだ。

思い切って下着ごとスラックスを脱げば、ラシードに、満足そうに頷かれ、「座れ」と床を指された。

ダイニングテーブルに置かれていたラシードの携帯電話が鳴り始めたのは、國行が床に正座をしたその瞬間だ。ラシードは國行に伸ばしかけていた手を止め、「少し待っていろ」と言って席を立ってしまう。

國行は、言われた通り床に座ってラシードを待った。

電話に出たラシードは相手と英語で喋っている。英語が得意でない國行はそれがすぐ終わる用件なのか、込み入った話なのかすら判断がつかず、焦れて強く膝頭を握りしめた。早く戻ってきてほしくてちらちらと視線を送るが、ラシードは少しもこちらを振り返らない。電話の相手との話を切り上げる素振りもなく、相槌を打つ横顔は真剣で、國行の存在を忘れてしまったのではないかと疑うほどだ。

服を着ていないせいばかりでなく、背中や肩が寒くて体が震えた。ラシードに無視をされているようで、不安とも淋しさともつかないものが降り積もって胸を覆う。

俯いて剝き出しの膝に視線を落とし、どれくらいの時間が過ぎただろう。ふと気づくと、いつの間にかラシードの声が聞こえなくなっていた。

静けさにハッとして顔を上げる。ぼんやりしているうちに部屋からいなくなってしまったのかと思ったが、ラシードはダイニングテーブルに凭れてこちらを見ていた。すでに電話は終わっていたらしく、携帯電話をテーブルに置いてこちらへやってくる。

「長くなって悪かった、退屈だったろう。次から電源は切っておく」

無言で首を横に振る。電話を終えた後、こうして自分のもとに戻ってきてくれるだけで十分だ。忘れられたわけでも無視をされたわけでもなかったとわかって安堵した。

ソファーに腰を下ろしたラシードが自身の膝を叩く。頭を載せていい、という合図だ。いそいそと身を乗り出してラシードの膝に頰をすり寄せると、大きな手でぐしゃぐしゃと頭を撫でられた。

「大人しく待てて偉かったな。忍耐強くて、賢くて、お前は本当にいい子だ」

手放しに褒められて喉が鳴る。ラシードとのプレイは終始こんな調子で、肉体的な苦痛はない。精神的な責め苦だって、多少恥ずかしい思いをするくらいだ。ほとんどは、『お座り』と『待て』だけで終わるのだが、終わった後の充足感が凄まじい。

さらにラシードは妙にサービス精神旺盛なところがあって、「こういうものも必要だろう」とＳＭ用の道具などもネット通販で買い揃えていた。鞭や蠟(ろう)など、体を痛めつける類のものはなく、口にはめるギャグボールや、革の手錠とアイマスク、緊縛用の縄など、体を拘束するものがほとんどだ。

緊縛についてはわざわざ縛り方までネットで検索したようだが、さすがにいきなり亀甲縛りのような複雑な縛り方はできなかったらしい。「今回はこれで我慢してくれ」と言って、昨日は縄で軽く両腕を縛ってくれた。

ＳＭクラブでは痣が残るくらいきつく縛られても無表情で床に転がっていた國行だが、相手がラシードだとまるで違った。

縄をかけられるときも、自然とラシードが縛りやすいように体が動いてしまう。息を合わせれば縄の拘束感が強まって、緊縛は縄をかける方とかけられる方の共同作業なのだと初めて知った。おかげでラシードの縄は素人がかけたとは思えないくらい緩みもなく、ぎっちりと肌に食い込んで息が乱れた。

身じろぎすると肌に縄が擦れて痛い。そこをそっとラシードに撫でられると甘い疼きが全身に広がる。両腕を後ろで縛られ、ラシードにじっくりと見られているだけでひどく興奮してしまって、服を脱いでいるせいで体の変化を隠すこともできず、最後はラシードの手で絶頂に導かれた。

昨晩のことを思い出し、さすがに居た堪れなくなって片手で顔を覆った。

(……俺の方があの人にセクハラしてないか?)

ラシードはどうしてあそこまでしてくれるのだろう。同性の体なんて触っても楽しくもなんともないだろうに、なんの躊躇もなく触れてくる。

もしやゲイなのでは、と思ったこともあるが、ラシードは國行を翻弄するばかりで自らの快感は求めてこない。いつも國行が達したところでプレイは終了だ。顔にはいつも余裕のある笑みを浮かべている。少しくらい興奮しているのではとその下半身を盗み見ても、丈の長いゆったりとした民族衣装に隠されて下腹部の状態を確認することもできない。

溜息をついたところで廊下の向こうから誰かがやってきた。その姿を目の端で捉え、國行はさっと姿勢を整える。

現れたのは同じフロアに部屋を取っているハーディーだ。眼鏡を押し上げ足早にラシードの部屋へ歩いていくが、國行の前を通り過ぎようとしてぴたりと足を止めた。

眼鏡の奥から飛んできた視線が國行の胸元に突き刺さる。ネクタイを見ているのだろう。國行がつけているのは、先日ラシードが買ってくれたものだ。

ネクタイを贈られたことだけでなく、國行が二日と置かずラシードの部屋を訪れていることも当然ハーディーは承知している。おかげで親の仇でも見るような顔で睨まれた。

「……王子を誑かした気になっているのなら間違いですよ。あの方が貴方のような礼儀も知らぬ庶民に声をかけるのはただの気まぐれ、あるいは興味本位でしかないのですから、あまり大きな顔をしないように」

不機嫌を隠しもしない低い声で呟き、ハーディーはまっすぐラシードの部屋へ向かっていく。國行は無表情でそれを見送ったが、内心頭を抱えた。

(王子の部屋で何してるかあの秘書にばれたら、むしろ俺が訴えられるんじゃ……？)

こちらからプレイを強要した記憶はないが、護衛と依頼人がこんなただれた関係になってしまっていいものだろうか。よくはない気がする。

煩悶していたら、ラシードがハーディーを引き連れて部屋から出てきた。

「國行、今朝はホテルのバイキングで朝食を取るぞ」

廊下の向こうからラシードが朗らかに声をかけてくる。いつもはルームサービスで済ませるのだが、今日は部屋の外で食べたい気分らしい。

安全面を考えれば諸手を挙げて賛成できないが、朝食のバイキングはホテルの宿泊客に限られる。ホテルの外の飲食店に入るよりよほど目が届きやすい。

インカムで情報を共有していると、すれ違いざまラシードが嬉しそうに目元をほころばせた。

「そのネクタイ、やはりお前によく似合っているな」

突然の褒め言葉に、うっかり声が裏返りそうになった。

気がついてもらった。褒めてもらえた。こんな些細なことで簡単に心が弾む。にやけそうになる頬を必死で引き締め、フロアに散らばる護衛とともにラシードを朝食会場へ案内した。

朝食会場はホテルの四十階にあるプライベートダイニングだ。広々としたフロアは壁一面が大きな窓になっていて、眩しい朝日が射し込んでくる。

窓際の席でラシードたちが優雅に食事を取るのを、國行たちはフロアの端々に立って警護する。他の客もいるので、さすがにラシードたちの席にベタづきすることは難しい。

店の入り口に近い場所で周囲を警戒していると、若い女性の声が耳を掠めた。

「ねえ、窓際の席のあの人、どこかの国の王子様なんだって」

國行は視線を揺らすことなく、耳だけ女性たちの方へ向ける。ホテルの宿泊客だろう。もう一人の女性が「本当?」とはしゃいだような声を上げた。

「昨日フロントですれ違ったんだけど、一緒に座ってる眼鏡の男の人が、あの人のこと

『王子』って呼んでたよ」

ハーディーとラシードの会話を盗み聞いたらしい。女性たちはラシードの姿を遠くから眺め、二人揃って溜息をついた。

「凄い美形だね……。どこの国の王子様だろう。イギリスって感じじゃないけど」

「彫り深いねぇ。鼻も高いし、ちょっと色黒？　アラブの国の王子様とか？」

心の中で拍手を送った。男を品定めするときの女性の目は案外鋭い。

「なんとかお近づきになれないかな。玉の輿狙えるよ」

「アラブだったら一夫多妻制だよね。お妃さまの末席でもいいから置いてほしい！」

半分は冗談で言っているのだろう。あれこれ料理を取り分けながら、女性たち二人は声を立てて笑っている。

表情を強張らせたのは、話を聞いていた國行の方だ。

一夫多妻。そうした婚姻制度を認めている国があることは知っていたが、今の今までラシードとそれを結びつけて考えたことがなかった。

（あの人は、そういう結婚が当たり前の国で生まれ育ったのか）

ラシードもいずれは妃を娶るだろう。王族ともなれば複数の妻を持つかもしれない。

夫に自分以外の相手がいることを、妻たちはどう思うのだろう。淋しくはないだろうか。辛くはないのか。相手に自分だけ見てほしいと願う夜もあるだろうに。

女性にそうした思いを強いることを、夫はなんとも思わないのか。

ラシード自身にも訊いてみたい。父親が複数の女性と関係を持っていることをどう感じているのか。それが法律で認められている国に生まれれば、ごく当たり前のことと受け入れているだろうか。

(父親に対して、不貞だ、なんてことは思わないんだろうか……)

気がつけば視線が落ちていて、慌てて顔を上げた。

物思いにふけっている場合ではない。仕事中だ。辺りに視線を走らせるが、先程の女性たちの姿はすでにない。ラシードたちも窓辺でのんびりと朝食を続けているようだ。

窓の向こうの空は快晴。薄い雲一つ漂っていない。

國行は窓に背を向け、店の入り口に目を戻す。

明るい空を見た後だからだろうか。視界が妙に暗くなった気がして、直立不動のまま何度も目を瞬かせた。


要人警護を担当する場合は都心部を移動することが多いのだが、ラシードは都心から少し離れた場所にある、染色、織物、刺繍などを担う小さな町工場を訪れる方が多い。

おかげで車を止める場所を探すのも一苦労だ。ホテルや商業施設の駐車場がすぐ近くにある場所ばかりではないので、街の角々にあるコインパーキングを利用する。

警護に使う車は決まって二台。車を降りて移動するときは一人が車内に残り、残りの三人で警護するのだが、今日はハーディーに異を唱えられてしまった。

「常々思っていたのですが、一人だけ車に残して遊ばせておく理由はなんですか？　全員で王子の護衛をするべきでしょう。三人なんて心許（こころもと）なくて仕方ありません」

理由を説明しようにも聞く耳を持ってもらえず、結局全員で車を離れることになった。

――あのとき、口論になってでもハーディーの言葉を退ければよかった。などと思ったところでもう遅い。

國行は今、かつてない緊急事態に巻き込まれている。

焦る心とは裏腹に、辺りの景色はのどかなものだ。目の前には視界に収まりきらないいくらい大きな池があり、周囲は密に植えられた木々が風にそよいでいる。水際には簡素な遊歩道が敷かれ、休日などは多くの人が行きかうことが予想された。

緑が多く残る公園にはほとんど遊具がなく、そのせいか子供の姿は見かけない。池の近くにぽつぽつと並ぶベンチに、たまに老人が座っているばかりだ。

目を転じれば傍らには、古ぼけたベンチに腰かけ池を眺めるラシードがいる。周りにはハーディーもいなければ他の護衛たちの姿もなく、正真正銘ラシードと國行の二人だけだ。

國行はベンチの隣に立ったまま、両手で顔を覆いたくなるのをぐっとこらえた。

「どうした、不味（まず）いものでも食べたような顔をして」

「……このような失態は初めてだったもので」

「失態か？　お前は可能な限り私を守ろうとしてくれたようだが」

池に目をやったままラシードは大らかに笑っているが、まったくもって笑えない。今頃ハーディーや青野は真っ青になっていることだろう。

事の発端は一時間ほど前。染色工場の視察を終えてコインパーキングに戻ると、國行たちの乗ってきた車のタイヤがパンクしていた。誰かが故意にパンクさせたのだろう。二台ともすぐには動かせない状況だった。

こういうことが起こり得るのでいつも車に一人残していたのだ、と今更ハーディーに言ったところで始まらない。代車を手配すべく会社に連絡を取っていると、コインパーキングに二十代そこそこの青年たちが現れた。五人いる全員が酒臭い息を吐き「いい車乗ってるじゃん」「お金持ち？」などと絡んでくる。

まだ夕暮れ前だというのに呂律（ろれつ）が回らないくらい酔っている青年たちに危機感を覚え、國行はラシードとともにその場を離れようとした。しかし、青年たちは他の護衛には目もくれずラシードを執拗（しつよう）に追いかけてくる。

ハーディーは荒事に慣れていないのかおろおろするばかりだし、國行たちも警察のような権限を持つわけではなく、武力を行使して青年たちを追い払うことができない。

結局、他の護衛に青年たちを足止めさせ、國行はラシードの背を押すようにしてその場を離れた。なおも追いかけてこようとする青年たちを振り切って、タイミングよく通りかかったタクシーを拾い二人で乗り込み——それでなぜか、こんな公園にいる。

國行はまっすぐホテルに戻ろうとした。けれどラシードが「せっかく日本に来たのだから一度くらい散策がしたい」などと言い出して、押し問答の末國行が折れたのだ。タクシーの運転手に景観のいい公園を教えてもらい、こうして二人で池など眺めている。

程なくこの公園にも応援が駆けつけるだろうが、青野から叱責されることは間違いない。いくら依頼人に要求されたからといってこんな勝手な真似をして。

こんなときでもラシードの言葉に抗えない自分にげんなりしていると、ラシードがベンチの座面を軽く叩いた。

「お前も座ったらどうだ。ここから見る池はなかなか美しいぞ」

「いえ、結構です。とっさに動けないと困りますので」

視線を前に向けたまま断ると、目の端でラシードが顎を撫でるのが見えた。

「そうか。こんな機会だ、お前とゆっくり話をしたくて公園まで来たんだが」

「……はい？」

「移動中は隣にハーディーや他の護衛がいるからな。お前も気楽に私とお喋りができないだろう」

単なる息抜きがしたくて散策がしたいと言い出したのかと思いきや、ラシードの目的は國行と話をすることだったらしい。しかし何を語り合おうというのか見当がつかない。ラシードに横顔を向けたまま黙り込んでいると、おもむろに問われた。

「どうしてお前はへそを曲げているんだ？　今朝からずっと私を見ようとしないが」

予想だにしていなかった言葉に驚いてラシードを見ると、軽く眉を上げられた。

「無意識だったのか？　よほど私はお前の気に食わないことでもしてしまったらしい」

指摘されるまで、自分がラシードからずっと目を逸らしていたことに気づいていなかった。護衛中は常にラシードを視界に収めていたつもりだったが、言われてみれば視線は合わせていなかったかもしれない。

「……よく見ていらっしゃいますね」

「お前の主人だからな。目線や顔色くらい読む」

プレイの最中でもないのに主人などという言葉を持ち出され、どんな顔をすればいいのかわからない。

「期間限定のご主人様なのに、随分とお優しいことで」

「主人になると決めたからには心を砕くのは当然だ。たとえ短期間であってもな」

短期間。改めてそう口にされ、自分たちの関係は限定的なものなのだと再認識した。むしろたった二週間しかそばにいないからこそ、ラシードはこんなにも優しいのかもしれない。飽きる前に自国に帰ってしまう。そしてもう、二度と帰ってこない。

それは本当に、優しいと言えるのだろうか。

「心を砕いて、欠片だけ渡して、それで相手が満足するとでも？」

思いがけず責めるような口調になってしまった。すぐさま自分の発言が恥ずかしくなる。この言い方では、心を丸ごと明け渡してほしいと言っているのも同然だ。自分たちはそんな関係ではないのに。

馬鹿なことを言ってしまったと思ったが、ラシードは茶化すでもなくじっと國行の顔を見上げて目を眇める。

「今日は随分とご機嫌斜めだな？」

「……申し訳ありません。口が過ぎました」

「構わん。それよりも、なぜそのようなことを言うに至ったか経緯が聞きたい。お前が苛立っている理由はなんだ？」

苛立ってなどいないと突っぱねるには、直前に出してしまった声が刺々しすぎた。けれどその理由を口にするのは躊躇する。あまりに個人的な話だからだ。

「八つ当たりに近い話になりますが……」

「聞きたいと言ったのは私だ。構わない」

引き下がる気など毛頭なさそうなラシードの顔を見て、諦め交じりの溜息をついた。

「今朝、ホテルの利用客が貴方の噂をしていました。貴方と結婚したら玉の輿だ、末席でもいいから妃に加えてもらいたい、と。貴方の国は一夫多妻制でしたよね？」

そうだな、とラシードはあっさり頷く。事実は事実とばかり、その制度に対してなんら思い入れもない様子で。

風が吹いて、目の前に広がる池に波紋が広がる。こんなことをラシードに尋ねてどうすると内心で思いながら、波紋が落ち着くのを待って口を開いた。

「複数の女性に、同量ずつ愛情を分け与えることは可能ですか？」

返答を聞くまでもなく、無理に決まっている、と國行は思う。完璧な平等などあり得ない。きっと順位がつくだろう。そうなれば妻の側だって他の女性を妬(ねた)んだり恨んだりするはずだ。

複数の妻を持てば当然そうなることは見当がつくだろうに、夫の側は罪悪感を抱かないのか不思議だった。

ラシードは國行の言葉を反芻(はんすう)するように黙り込んで、顎を撫でる。

「多くの妻を持つ男は不誠実に見える、ということか？　それがお前の不機嫌の理由か。そうした文化圏で育った私のことも気に入らない、と？」

「いえ、そんなつもりでは」

「その割には、今日は朝から意地でも私の顔を見ようとしなかったな？」

からかうような口調だったが、池へと視線を転じたラシードの横顔に、一瞬で真剣な表情が浮かんだ。國行の問いかけに真摯に答えようとしているようだ。

「可能かどうかはわからんが、複数の妻を持つ夫は、すべての妻を等しく愛すべく努力はしている。私の父は七人の妻を娶った。それを悪いことだとは思わない。富のある男が多くの女性を養い、守るのは、私の国では当然のことだ」

やはりラシードにとって一夫多妻制はおかしなことではないらしい。ラシードもそうした人生を送るのだろうかと思っていたら、その横顔に苦い笑みが浮かんだ。

「ただ、私は母の姿を見ているからな。複数の妻を娶ろうとは思わない」

「ラシード様のお母様は、日本人でしたね」

「ああ。父にとっては七番目の妻だ。母は我が国の婚姻制度を承知の上で父と結婚したそうだが、それでもやはり割り切れないものがあるとは言っていたな。淋しい、と」

「……そうでしょうね」

思わず呟くと、ラシードがぱっとこちらを見た。

「やはり日本人であるお前は母の考え方に違和感を持たないのだな。私の国の者は、口を揃えて母を独占欲の強い人間と言ったが」

「貴方も、そう思われるんですか?」

ラシードの言葉尻にかぶせるように尋ねると、いや、と緩く首を横に振られた。

「思わない。父となかなか会えないことを義母たちは当たり前に受け入れていたが、母は本当に淋しそうだった。それを見て初めて、義母たちも平気なふりをしているだけかもしれないと思ったんだ。だから私は、国が認めても法律が認めても、生涯伴侶は一人しか選ばないつもりだ」

そう口にしたラシードの声は誠実そのものだった。一夫多妻が当然の国で、それでもなお女性たちに心を寄せている。そのことに、どうしてかホッとした。

国によって価値観が違うと理解はしていても、複数の女性と関係を持つ人物を國行は受け入れられない。ラシードがそうでなかったと知れて安堵する。

そんな胸の内が表情に出てしまったのだろう。ラシードに悪戯（いたずら）っぽい顔で笑いかけられた。

「少しはお前の不機嫌も収まったか？　他にも訊きたいことがあるのなら、時間の許す限り答えるぞ」

軽い口調はどこまで本気かわかりにくい。しかし青野たちが到着するまでにはまだしばらく時間がかかりそうだし、思い切ってこんな質問をしてみた。

「お母様は、どういった経緯でお父様に見初められたんですか？」

かなりプライベートな話題に踏み込んだつもりだったが、ラシードは嫌な顔もせず、のんびりとベンチに凭れて脚を組み直す。

「母は結婚前、旅行代理店に勤務していたらしい。ツアーコンダクターのようなこともして、世界各地を飛び回っていたそうだ。私の国にも個人的に何度も旅行に来ていたらしい。その一人旅の最中に父と出会ったと聞いている」

「国王と一般人が、そう簡単に出会えますか？」

「街中でひょっこり顔を会わせるのは難しいかもな。母たちは空港で一緒になったらしい。スーツケースが壊れて立ち往生していた母に、仕事帰りの父が声をかけたそうだ」

そんなささやかなやり取りがきっかけで、一般女性が国王と結婚するのだから驚きだ。ラシードの国でも異国の妃を迎えるということで当時は話題になったらしい。

「とんでもないハッピーエンドですね」

これ以上の幸運もないだろうと呟くと、たちまちラシードの目元が翳(かげ)った。

「ハッピーエンドどころか、母の結婚生活はそこからスタートしたんだ。他国のしきたりに慣れずに当初は相当苦労したらしい」

言われて短絡的な思考に走っていた自分に気づいた。ホテルで「玉の輿」とはしゃいでいた女性たちを冷めた目で見ていたくせに。浅はかな自分が恥ずかしくなって「失礼しました」と頭を下げれば、ラシードはすぐに表情を和らげ「実際嫁がなければわかるまい」とフォローしてくれる。

「初めて見聞きするしきたりもさることながら、何もやることがないのが辛かったと母は言っていたな。以前も言ったが、我が国の女性は働く必要がない。家事全般もメイドに任

せている。退屈だ、とよく漏らしていた」

結婚前は旅行代理店で働き、その合間に一人旅などもしていた女性だ。広い屋敷で何することなく過ごすなど、暇を持て余して仕方がなかったことだろう。

「籠の鳥のような暮らしをしながら、母はよく言っていた。自分にとって働くことは生きがいだった、と。だから私は、自国の女性たちのために働き口を見つけたい。労働力なら外国人労働者が余るほどいるが、それとは別に、女性たちにしかできない仕事を探している」

「それで、日本のアパレルメーカーや職人を視察しているんですか？」

「そうだ。日本の製品は素晴らしい。日本製、という言葉に付加価値がつく。我が国の女性たちが作った刺繍や染め物にもそうした価値をつけ、海外で販売できないか考えている。文化や伝統だけでなく、使用感や美しさ、奇抜さでもなんでもいい。彼女たちが自立する足掛かりを作りたい」

夕焼けの赤に染まり始めた園内で、國行はようやくラシードがしようとしていることを理解する。石油産出国の王子がアパレルの仕事をしようなんて一体なんの暇潰しかと思ったが、暇潰しなんてとんでもない。ラシードは自分の富のためではなく、自国の女性たちの生きがいのために動いているのだ。

「素晴らしい考えだと思います」

　心からの言葉だったが、ラシードは首を傾げて苦笑を漏らした。

「そう言ってくれる者は少ないがな。母国の男性たちは、女性が自立することに難色を示す。私の兄たちもそうだ」

　中にはラシードに賛同してくれる兄弟もいるそうだが、大半は「自分の妻を働かせるなんて」と顔を顰めるらしい。ラシードの国で妻が働くことは、それほど家が貧しいのだと周囲に吹聴していることと変わりないからだ。

「王族である私が商いをしている時点で、庶民でもあるまいし、と眉を寄せる者は多い。政（まつりごと）を執り行う兄たちが耳を貸してくれれば今よりやりやすくなるのだが……」

「ラシード様は政治に関わらないのですか」

　ラシードこそ国政に携わるべきだと思ったが、返ってきたのは苦々しい表情だ。

「難しいな。兄や叔父（おじ）たちが大臣になるべく連日椅子取りゲームをしているのに、末弟の私が参戦しても太刀打ちできない。そうでなくとも、母は異国の人だ。その血を引く私をよく思わない親族も多い」

「そんな理由で――」

　血筋を理由に優秀な人物を国政から遠ざけるなんて、暗愚な兄たちに苛立ちを覚えた。しかしラシードにとっては血のつながった兄弟だ。暴言を呑み込んで質問を続ける。

「では、貴方に賛同する方はいないのですか？」

「唯一耳を傾けてくれるのは父くらいだな。応援もしてくれている」

兄弟が耳を貸さぬ話に、国のトップに立つ国王が賛同しているとは意外だった。そんな國行の表情を読んだのか、ラシードが微かに唇の端を持ち上げる。

「一夫多妻制など不誠実だと思うかもしれないが、父は私の母のことも確かに愛していた。結婚した後、母を屋敷に閉じ込めてしまったことに対して申し訳なさも感じていたんだ。だが、仮にも王妃を市場で働かせるわけにはいかないだろう」

王族としての外聞もある。雑多に人が出入りするような場所では身の安全も保障できない。ラシードの父親の言うことも一理ある。

外に出たい、働きたいという妻の言葉を、ラシードの父親は受け入れることができなかった。だが、それでいいとも思っていない。外国人労働者が増えたことで、国内での国際結婚も増えた。価値観も多様になり、自国の在り方も変えていくべきだと考えているようだ。

「父は私の考えを支持してくれる。だが、私はあまり親族たちからよく思われていないからな。まずは動いて実績を作らなければ。会社の経営を軌道に乗せ、女性の自立支援を進めるのが当面の課題だ」

再び池の方を向き、ラシードは細く長い息を吐く。溜息というにはひそやかで、横顔に滲んだ疲労の色は、池から吹いてくる涼しい風に撫でられて一瞬で消えてしまう。

異国の地で、慣れない仕事続きで、疲れ切っているだろうにおよそ弱みらしい弱みを見せないその横顔を見て、凄い人だな、と腹の底から思った。

この人は、自国で前例のないことをしようとしている。

それも自分自身のためではない。淋しかった母親のために、それを申し訳ないと思いつつどうすることもできなかった父のために、母親と同じような境遇にある女性たちのために道を切り開こうとしているのだ。

「他人のために動ける貴方を尊敬します、ラシード様」

思うより先に声が出ていた。ラシードがこちらを見るのを待って、今だけは周囲への警戒も緩め、ラシードの瞳を見詰めて続ける。

「貴方の下で働ける人たちは幸せです。貴方に導かれて前に進もうとする女性たちも」

ラシードは一つ瞬きをして「本当にそう思うか？」と呟いた。珍しく表情のないその顔を見下ろし、もちろんです、と頷く。

「来日した直後は、あまりお前によく思われていないように感じたが」

「そうですね。最初は金持ちのボンボンが市場調査という名目で豪遊をしに来たのだとばかり思っていました」

包み隠さず本音を口にすれば、さすがに驚いたのかラシードに目を丸くされた。國行は爪先をラシードへ向け、軽く頭を下げる。

「申し訳ありません、私の見る目がありませんでした。今はそんなふうに思っていません」

ラシードの啞然とした顔に、じわじわと笑みが広がる。公園の木々の間を風が吹き抜け、ざぁっと葉擦れの音がしたと思ったら高らかなラシードの笑い声が重なった。

組んでいた脚を下ろし、ラシードは身を折って笑う。

「正直者だな！」

「無用な嘘はつくまいと思いまして」

「そうか、なるほど、いや――悪くない」

なおも笑いながら、ラシードはベンチの背もたれに腕を載せて國行を見上げた。

「面白いな、お前は。せっかくだ、私の話を聞くばかりでなく、お前のことも話してくれ。この仕事に就いた理由は？」

依頼人にそんなことを尋ねられたのは初めてだ。適当にお茶を濁すこともできたが、ラシードが誠実に自身の話をしてくれた後である。國行もそれに倣うことにした。

「私は、ヒーローになりたかったんです」

片方の眉を上げ、ヒーロー、とラシードが繰り返す。我ながら子供っぽい言い草だとは思ったが、本当のことだ。

「子供の頃、三つ年下の弟が車の事故に遭いかけました」

國行が小学校を卒業する直前のことだ。母親に頼まれ、スーパーに買い物に行った帰り道、ぽつぽつと雨が降り出し足早に帰ろうとしていたら、弟が傘を持って途中まで迎えに来てくれた。

大きな十字路の横断歩道、その向こうで弟が大きく手を振る。國行もそれに手を振り返し、信号が青に変わるのを待って横断歩道を渡った。弟も同じく足を踏み出したそのとき、横断歩道に向かってとんでもない勢いで一台の乗用車が突っ込んできた。

車側の信号は赤なのに減速する気配もない。不審に思って車に目を向け、運転席に座る人物がガクリと項垂(うなだ)れていることに気づいた。辛うじてハンドルは握っているが、まったく前を見ていない。

弟も異変に気づいたのか、迫りくる車を見て足を止める。立ち尽くす弟の怯え切った横顔を見た國行は買い物袋を放り投げ、全力で地面を蹴った。

あとはもう無我夢中だ。必死で弟に駆け寄り、ほとんど体当たりする勢いで弟ともども歩道に倒れ込んだ。

「車の運転手は、運転中に持病の発作を起こしたそうです。アクセルを踏み込んだまま意識を失って、赤信号にもかかわらず横断歩道に突っ込んできて……」

「無事だったのか」

待ちきれなくなったのかラシードが尋ねてきて、國行は微かに笑って胸を叩いた。

「歩道に倒れ込んだときに腕を擦りむいたくらいで、この通り無事でした。弟も」

少し遅れて家を出た母親もやってきて、事故現場を見るや國行たちに走り寄った。

「母は弟の無事を確認して泣いて、俺を胸に抱き込んでまた泣きました」

弟と一緒に國行を抱きしめ、ありがとう、と泣きながら母は繰り返した。帰宅した後も、擦りむけた國行の腕を手当てしてくれ、ありがとう、と今度は笑いながら言ってくれた。

「あのとき家族から凄く褒められて、感謝されて、ヒーローになった気分だったんです。それが忘れられなくて、人を守るような仕事がしたいと思って警備会社に就職しました」

つまらない話でしょう、と肩を竦めたが、ラシードはしっかりと首を横に振った。

「お前はよき兄だな。私にも大勢の兄がいるが、そんなふうに身を挺して私を庇ってくれる者がいるかどうかわからない。むしろ兄弟同士足の引っ張り合いをしている状態だ」

真剣な声音につられてラシードに視線を向けると、感心しきった様子で言われた。

「つまらない話とは思わない。お前はもっと、弟を守ったことを誇った方がいい。誰にでもできることではないからな」

手放しに称賛されて言葉に詰まった。視線の揺らぎを隠すように目を伏せ、はい、と小さく頷く。

「しかし、誰かを守る仕事がしたいのなら民間の警備会社ではなく警察でもよかったのではないか？」

何気なく口にされた言葉にぎくりと体が強張った。

この職業に就いた理由に嘘はない。だが、敢えて口にしなかった事実もある。それを暴かれてしまうのではないかという不安が胸を掠め、自然と声が低くなった。

「守りたいというか……弟を車から庇ったときのあのヒーロー感が忘れられなかったんです。どちらかというとスタントマンのような。警察では、そこまでの大立ち回りをする機会もなさそうだったので、民間の警備会社に……」

ごまかせただろうかとどぎまぎしたが、ラシードは不審がる様子もなく、なるほどと喉の奥で笑った。

「確かに、今回の警護の最中もお前の行動は派手なものが多いな。酔っ払いが投げつけてきた瓶を拳で弾いたり、逃走しようとするバイクの進路に自ら躍り出たり」

横からふいにラシードの手が伸びてきて、右手を取られた。手の甲には、酔っ払いの投げた瓶で切った傷痕がまだ残っている。もうほとんどふさがっているそれを指先で撫で、ラシードは聞き分けのない子供を窘(たしな)めるように言った。

「心強いが、心配でもあるな。あまり無理はしないように」

もう痛くもない場所を撫でられ、こそばゆさに身をよじりそうになった。それでいて、ラシードの手が離れてしまうのは惜しくて指一本動かせない。

自分の手を撫でる指先を見詰めていたら、ふいに強く手を握られた。息を詰めて目を上げれば、ラシードが唇に笑みを含ませてこちらを見ている。

「今夜も私の部屋に来るか？」

見詰められるともう目を逸らせない。ぐらりと体が傾いて、今夜と言わず今すぐにでもラシードの胸に倒れ込みそうになる。

タイミングよくインカムの向こうから青野の声がしなければ、実際にそうしていたかもしれない。『そろそろ着くぞ』と聞こえてきて、ぎりぎりのところで仕事中の顔を放棄しないで済んだ。

「……今日は遠慮しておきます」

断りの言葉を口にしつつ、本心では「それでも来い」とラシードが言ってくれることを期待した。しかし返ってきたのは温厚な笑顔だ。

「そうだな。連日ではお前の身が持たないか」

ラシードの手が離れ、あ、と惜しむような声を出してしまった。声は木々のざわめきに紛れ、幸いラシードの耳には届いていなかったようだが、直後猛烈な羞恥に襲われる。

（……こんな、俺ばかり期待して）

ラシードはこちらの趣味につき合ってくれているだけだ。國行が断れば食い下がってくることもない。わかっているのに一抹の淋しさに襲われるなんてどうかしている。

（この人がいなくなったら、俺はどうなるんだろう）

ラシードが日本に滞在する時間は、すでに残り一週間を切っている。

これまで通ってきたSMクラブではついぞ得ることのできなかった満足感を唯一与えてくれたラシードがいなくなったら、どうやって欲望を満たせばいいだろう。SMクラブに通う前のように、仕事中にわざと危ないことをして無理やり自分を満足させるようなことにはならないだろうか。

仕事の後、体になんの傷も痣もないと不完全燃焼を起こしたようで眠れなくなった。あの日々を思い出したら、背中に冷たい汗が浮く。

（この人がいなくなっても問題ないようにしておかないと――……）

國行は無意識に自分の手首をきつく握りしめる。

血管が圧迫されて指先が青くなっていたが、そんなことには気づく余裕もないまま。自分の横顔が、血の滞った指先よりもずっと青白くなっていることも自覚しないで。


翌朝、ラシードが朝食を取る時刻より一時間ほど前にホテルへ到着した國行がフロアの警護につくと、青野から声をかけられた。昨日、駐車場で絡んできた若者たちのことで話があるという。

エレベーターホールまで移動し、青野は潜めた声で國行に言った。

「昨日、お前らに絡んできた連中な。車のタイヤをパンクさせたのもあいつらみたいだ。近くの防犯カメラに映ってた。ただ全員ひどく酔ってて、警察でも『よく覚えてない』の一点張りだったそうだ」

國行は無言で眉を狭める。青野も同じく渋い顔だ。

「なぁんか、今回の依頼はこういうことが多いと思わないか？」

ラシードが酔っ払いに絡まれるのはこれで三回目だ。護衛初日に絡んできた相手は捕えられなかったので事情を尋ねることはできないが、ひどく酒臭かったのは間違いない。酔っ払いはいずれも一般人で、ラシードとも、その母国とも特に接点はない者たちばかりだった。だから最初の二件は単なる偶然だと思ったのだが、三件も続くとなると看過できない。

青野も同じようなことを考えているのだろう。「うちもいろんな相手と仕事してきたけど、王族なんて護衛するのは初めてだ。万が一のことがないよう気をつけてくれ」と國行の肩を叩いて持ち場に戻っていった。

廊下の警護に戻り、これはますます気を引き締めなければ、などと考えていたその矢先、廊下にひょっこりとラシードが顔を出した。

國行を見たラシードは警戒もなく廊下に出てくる。身にまとっているのは黒い民族衣装だ。ラシードは自室にいるときいつもあの服を着ている。華やかな刺繍の施されたそれはスーツよりずっと高価そうだが、ラシードにとっては単なる部屋着でしかないのだろう。

何か急用かと駆け寄れば、笑顔で朝の挨拶などされた。

「おはよう。昨日はよく休めたか？」

「は、はい、問題なく」

わずかに声が上ずったのは、昨日の誘いを断ってしまった後ろめたさからか。あるいは仕事を終えた後、もっと後ろめたいことをしたせいだろうか。

動揺して用件を問う言葉が遅れた。その隙に、ラシードはごく自然な仕草で國行の肩を抱いてくる。

「朝食だが、今朝は一緒に食べないか？」

「わ、私と？」

「そうだ。護衛中はお前とゆっくり話ができないからな」

國行の肩を抱いたまま、ラシードが廊下の向こうへ視線を向ける。

「だからといって昨日のように強引に二人きりになっては、お前が上から叱責されかねない。さっきも上司に呼び出されていたが、昨日のことで何か咎を受けたのではないか？」

先程、國行が青野に呼び出されて持ち場を離れたところを見ていたらしい。心配顔を向けられ、嬉しいような、照れくさいような、なんともむず痒い気分になった。

「その件でしたら今のところ特に問題視されていません。それより、私となんの話をなさるおつもりで？」

仕事中はことさら堅苦しい口調になってしまう國行に、なんでもいい、とラシードは楽しげに笑った。

「難しい話がしたいわけではない。むしろ昨日のような他愛のない話がいいな。日本に来てからはずっと仕事の話ばかりで、そろそろ息抜きがしたかったところだ」

喋りながらもラシードは國行を部屋の前まで連れてきてしまう。これ以上抵抗するのも難しそうで、インカムに向かってラシードの部屋へ入ることを告げた。周囲もラシードの勝手な振る舞いには慣れてきたらしく、了解、と短い返答があるばかりだ。

「ジャケットは脱いだらどうだ。食事中くらい楽にしてくれ。早速ルームサービスを呼ぼう。お前も何か食べるな？」

ここまで来たらもう遠慮をするのも馬鹿らしい。國行は促されるままジャケットを脱ぎ、ダイニングテーブルの前に腰を下ろした。

フロントに電話を入れるラシードの背中を眺め、ハーディーはいいのだろうかとちらりと思う。これまで朝は毎日ハーディーと朝食を取っていたはずだ。構わないのかと尋ねるより先に、当のハーディーが室内に入ってきた。

ラシードの部屋のカードキーを渡されているらしく、チャイムも押さず入室してきたハーディーは、ダイニングテーブルに着席する國行を見て目を剝いた。

「あ、貴方がなぜここに……！」

「私が呼んだ」

気色ばんだハーディーに、ラシードが簡潔に答える。

「今日は國行と朝食を取るつもりだ。お前の部屋にもルームサービスが届くように手配しておいた。食事が終わったら声をかける。それまでのんびりしていてくれ」

「ですが、本日の予定についてお話が……」

「昨日のうちに確認しただろう。追加事項なら車で聞く」

ラシードは笑顔だが、自分の要求を下げる気配はみじんもない。食い下がったところでどうにもならないことはハーディーも理解しているらしく、承知しました、と小さな声で呟いて引き下がる。しかし内心ではまったく納得していないようで、部屋を出る直前八つ当たりのように國行を睨みつけてきた。

（庶民の分際で、敬愛する王子を誑かしやがって……とか思われてるんだろうなぁ）

ハーディーと入れ違いに、ルームサービスがやってきた。テーブルに並べられたのは焼き立てのパンと、温かな湯気を立てるオムレツ、サラダ、ヨーグルトなどだ。

「足りなければ追加で頼んでくれ」とラシードがメニューを手渡してきたが、さすがにそこまで厚かましくはない。出されたものをありがたく平らげた。

「普段の朝食はどんなものを食べるんだ？」

美しい所作でナイフとフォークを扱いながらラシードが尋ねてくる。國行は噛み応えがあるナッツ入りのパンをわしわしと咀嚼して答えた。

「プロテインです。牛乳に溶かして飲むタイプの」

「それだけなのか」

「そうですね。朝から温かい食事を取るのは久しぶりです」

ラシードは國行を見詰め、憂い顔を浮かべてナイフを置く。

「お前の会社は、人道的な会社だろうな？　これほど危険な仕事をさせておいて、食事も満足に取れないような少ない賃金しか支払っていない、などということは……」

「ありません、大丈夫です。ただ、朝から食事の準備をするのが面倒なだけで」

「メイドでも雇ったらどうだ？」

「残念ながら、日本ではメイドが一般的ではないので」

「ちなみに昼食は？」

「仕事の合間にプロテインバーを……」

「わかった。今日から警護の者全員に昼食を振る舞おう」

「いえ、食事なんてしていては仕事にならないので」

「しかし大の男がそんな食事では……」

ラシードが本気で心配しているのがおかしくて、國行は微かに唇を緩める。

「軽食を手配してもいいぞ」

「何か食べていると注意力が散漫になりますので」

「飲み物は」

「トイレが近くなるので極力水分は取らないようにしています」

「難儀だな」

本格的にラシードが悩み始めたので、小さく声を立てて笑ってしまった。

それを見て、ラシードも目を緩める。

「お前が笑うのは珍しいな」

言われて慌てて笑みを消すと、惜しむような顔を向けられた。

「こうして二人きりでいるときくらい、もっと気を抜いてくれて構わないぞ？」

「そういうわけには……」

「プレイ中は蕩けそうな顔をするだろう」

前触れもなくプレイの話題など出されて咽(むせ)そうになった。この部屋で行われたプレイの内容が頭を駆け抜け、さっと頰に赤みが走る。

顔を赤らめ、無言で食事を続ける國行をラシードは微笑ましい顔で眺めている。

「今夜は私の部屋に来るか？」

軽い口調で投げられた誘い文句に、ナイフを持つ手がびくりと震えた。咀嚼も止まり、國行の動きが完全に停止する。

——行きたい、と思った。

それは稲妻のように鮮烈な欲求で、國行の体を貫いて動けなくする。

けれどすぐ、行けない、と思い直して項垂れた。

「……今夜も、遠慮しておきます」

「誰に対する遠慮だ？　私相手なら不要だぞ？」

國行はうろうろとフォークの先を動かす。もうほとんど食事は終わっていて、皿の端に残っていた野菜の切れ端などつついてみるが間が持たない。ラシードが返答を待っていると思うと、暑くもないのに額に汗が浮いた。

腕を上げ、手の甲で汗を拭ったそのとき、唐突にラシードが席を立った。

テーブルの上の食器が小さな音をたてる。見上げたラシードは無表情のままテーブルを回り込み、無言で國行の背後に立った。振り返る間もなく後ろからラシードに右腕を摑まれ、手首に微かな痛みが走る。

「これはどうした？」

右腕を摑む指先に力を込められ、手元に視線を落として青ざめた。手首を隠していたワイシャツの袖がずれ、肌に残る痣が露わになってしまっている。

硬直する國行の背後に立って、ラシードは手首の痕にするりと指を這わせた。

「……縄の痕か？　誰かに縛られでもしたか」

平坦な声は感情が窺いにくい。擦り切れた皮膚を辿る指先は冷たくて、腕の内側にぞわりと鳥肌が立った。

「まだ新しい痕だな？　昨日私の誘いを断って、別の誰かに縛ってもらったか。私のプレイでは満足できなかったか？」

耳元で囁かれ、慌てて首を横に振る。

昨日、ラシードからの誘いを断って仕事帰りにＳＭクラブへ行ったのは本当だが、決してラシードとのプレイに飽きたからではない。ラシード以外の人間ではもう満足できないのではないかと不安になったからだ。

久々のプレイで確認できたのは、ラシードでなければまったく興奮しないというわかり切った事実ばかりだった。やはりあの人でないと駄目なのだと自覚してしまい、昨晩はラシードが帰国した後の憂鬱な日々を想像してなかなか寝つけなかったくらいだ。

そんなことを本人に言えるわけもなく黙り込んでいると、片手で器用にワイシャツの袖ボタンを外された。國行はそれを止めることすらできない。緩んだ袖をするするとまくり上げられ、腕に残る縄と鞭の痕から目を背ける。

昨日のご主人様は男性で、國行が頼んだ通り手加減なしで縛り上げ、容赦なく鞭を振り下ろしてくれた。おかげで肌に残る痕もかなり派手だ。

それらの痕を一つ一つ丁寧に指先で辿られると、無言で責められているようで背筋が震えた。痛みはないのに、昨日のプレイでは得られなかった興奮が腹の底で渦を巻く。

「國行、お前のＤｏｍは誰だ？」

出し抜けに尋ねられ、ごくりと喉を鳴らして答えた。

「……貴方、です」

これからもずっと貴方だけだ、と言いたかったが、その言葉は呑み込んだ。ラシードはきっと、國行がこんな重たい感情を自分に向けているとは思っていない。

ふっと耳元を吐息が掠め、掌にラシードの手が重なった。

「きちんと理解しているな。いい子だ」

笑いを含ませた声で褒められて背骨で体を支えられなくなった。緩くたわんでいく背中にラシードがのしかかってきて、柔らかな重さに息が乱れる。

「私というＤｏｍがありながらこんな痕をつけてくるとは、今日はひどくされたい気分か？」

なじる言葉すら甘い睦言(むつごと)のようだ。空の皿に顔を突っ込みそうになって必死で耐える。

「今夜は、私の部屋に来るな？」

穏やかな声とは裏腹に、右手に重ねられた手が痛いくらい強く國行の手を握りしめてくる。その強さに、仄暗(ほのぐら)い執着のようなものを感じてしまって胸が苦しくなった。都合のいい思い違いだろうか。考える間も、答えを促すようにラシードが指先にぎりぎりと力を込めてくるものだから、唇を震わせ、はい、と応じてしまった。

「——では、仕置きは夜に」

仕置きという言葉に心音が狂った。ラシードが身を起こし、背中にかかっていた重みが消えても身を起こすことができない。

これまでのプレイはラシードが國行の望みを叶える形で行われてきた。けれど今夜はラシードから自発的に何か仕掛けてくる。何をされるのだろうと想像するだけで体が震えた。テーブルに手をつき、なんとか体を起こしたところでラシードがこちらの顔を覗き込んできた。顔を背けようとしたが指先で顎を捕らわれ上向かされる。目が合うと、喉を鳴らすようにしてラシードに笑われた。

「仕置きと言っているのに、そんなに期待した顔をするんじゃない」

きっと今、自分はのぼせ上がったようなひどい顔をしている。あさましい自分が恥ずかしく、目を閉じて謝罪の言葉を口にした。弱々しく語尾の掠れた声は泣き出す前の子供のそれのようで、ますます居た堪れない気分になる。

「叱っているわけではない。それより、そんな顔では部屋の外に出せないな」

ラシードに腕を取られ、椅子から立たされソファーへ向かう。國行と一緒にソファーに腰掛けたラシードが、胸に國行の頭を抱き寄せてきた。

「本当にお前は、プレイのときだけ無防備な顔をするんだな。警護中の凛々しい姿からは想像もつかないぞ」

子供にそうするように頭を撫でられ、國行は深く顔を俯けた。さすがに恥ずかしい。でもラシードに髪を撫でられると気持ちがいい。いけないと思いながらもラシードの肩に頭を預けてしまう。

ラシードは國行の左手を取って、腕に残る痕に指を這わせる。責められるのかと身構えたが、ラシードが触れているのは昨日つけた痕ではなく、もっと昔についた古い傷痕だ。

「……これはどうした？」

白い筋のような傷痕を撫でながら問われ、國行はぼんやりと瞬きをした。

「それは、貴方が来日する少し前に、仕事中についた傷です……」

「切り傷のようだが」

「ストーカー被害に遭っている女性の護衛中、刃物で斬りつけられました」

ラシードは眉間に皺を寄せ「こちらは？」と別の傷口をなぞる。

「それも仕事中に、不審者と揉み合いになったときに駅の階段から落ちて」

「こちらは」

「それは……酔っ払った依頼人が車道にふらふら出ていって、車に撥ねられそうになったところを庇って……」

ラシードは一つ一つの傷を撫で、押し殺した溜息をつく。

「仕事柄とはいえやけに傷が多いと思っていたが……お前は少し自己犠牲が過ぎる」

「上司からは、立ち回りが下手だとよく言われます」

「立ち回りというか、とっさに自分を盾にしてしまうんだろう」

これまでの護衛を思い出しているのか、ラシードは苦々しい顔で國行のシャツの袖を下ろした。袖口のボタンをしっかり留め、服の上から腕を撫でる。

「私も何度となくお前に守られた。そのことに関しては感謝しているが、自分のことも大切にしてくれ」

繰り返し腕を撫でられ、唇から緩やかな溜息が漏れた。

「……自分を優先して、貴方を守れなかったら問題です」

「構わん。私だって最低限自分の身は自分で守る。お前が無闇に傷つく姿こそ見たくない」

頭を載せたラシードの肩が、呼吸に合わせてゆっくりと上下する。半身から伝わってくる体温は温かく、眠たくなるほど安心で、うっかり瞼を閉じてしまった。

「自分を二の次にするな。いいな？」

こんなことを言う依頼人は初めてだ。これまでの依頼人は、金を出しているのだから守ってもらうのは当たり前という態度で、下手をすれば護衛だけでなく小間使いのような仕事まで押しつけてきたものだが。

（……本当に、心配してくれてるみたいだ）

胸の底から温かな記憶が押し寄せて、遠い昔に見た母の顔を思い出す。

まだ小学校に上がって間もない頃、母親は毎日玄関先まで自分を出迎えてくれて、怪我はなかったか、何か困ったことはなかったかと尋ねてきた。校庭で転んで膝を擦りむいて帰った日など、大慌てで救急箱を出してくれたものだ。

『大丈夫？　気をつけてね。怪我をしないように。痛くない？　本当に？』

母親が心配するから、子供の頃は怪我をしないよう気をつけていた。それなのにいつの間にか、上司からでさえ怪我が多すぎると顔を顰められるようになった。一時期は無傷で帰宅すると罪悪感めいたものすら覚えた。だからわざと無茶をして依頼人を庇った。負わなくていい傷まで負って。

「あまり心配をさせるな」

ぼんやりと過去に思いを馳せていたら、再びラシードに頭を撫でられた。子供の頃に戻ってしまった気分でラシードの肩口に顔を押しつけると、小さな笑い声とともに肩を抱き寄せられる。

仕事なんて放りだして、こうしてずっとラシードに寄り添っていたい。そんな気持ちが胸に満ちて、喉から溢れるように、ああ、と小さな声が漏れた。

（なんだろう、これは……）

かつて経験したことのない感情に翻弄される。今はプレイの最中でもなんでもないのに、こんなにも離れがたく思うなんて。

この気持ちの源はなんだろう。羨望、憧憬、信頼、渇望——言葉にすると遠く離れる、これではないことはわかるのに上手く名前をつけられない。

目を閉じたまま深く息を吸うと、ラシードの服に沁み込んだ甘い匂いが鼻先を過った。ラシードの匂いだ、と思ったら体から力が抜けていく。

きっと今、自分は寝起きのような無防備な顔をしている。これでは仕事にならない。部屋の外にも出られない。

「……あと二分で、仕事に戻ります」

自分に言い聞かせるように宣言すると、「真面目だな」と笑われた。

「気の済むまでここにいればいい」

簡単に言ってくれる。離れがたい気持ちを追いやろうとこちらは必死なのに。

反対にラシードは、そこまで國行に執着も拘泥もしていない。SMクラブに行ったことを咎めてきたのも、仕置きにつながるプレイの一環でしかないのだろう。そんなことはわかっている。わかっているのになぜだかそれを淋しく感じてしまって、國行は無言でラシードの肩に額を押しつけた。

二分で普段の顔を取り繕うのはさすがに難しく、ラシードの部屋を出たのはそれから五分後のことだった。

その後は普段通り護衛を続けたが、朝からあんな会話をしてしまったせいか折に触れ夜のことを考えてしまって困った。こんなことになるのなら、今後ラシードから朝食に誘われても決して応じまいと心に決めて護衛に集中する。

ただでさえ、今回の依頼中はやたらとトラブルに巻き込まれることが多い。これまで以上に周囲を警戒しながらラシードの護衛を続けた。

今日もラシードのスケジュールは分刻みで、慌ただしく移動と面会を繰り返す。一日の用事を済ませ、ホテルに戻る頃にはすっかり日が落ちていた。

例によって移動は車二台で行われる。ラシードたちが乗った車を先導するのは國行で、バックミラーで後続車を確認しながらホテルに車を走らせた。

（……終わったら、すぐ部屋に行っていいんだろうか）

朝食を終えた後、ラシードは念押しのように「仕事が終わったら必ず私の部屋に来るように」と言ってきたが、本当に仕事が終わると同時に押しかけるのもいかがなものか。

ホテルまで直線距離であと数百メートル。少しだけ気が緩んで、どんなタイミングでラシードのもとを訪ねようかなんて、そんなことを考えていたのがいけなかったのかもしれない。

アクセルを踏み込んで信号を渡った直後、それまでぴたりと後ろからついてきていたラシードたちの車が、突然右折した。

予期せぬ事態に驚いて、道の真ん中でブレーキを踏みかけた。あわや後続車に追突されるところを回避して、ラシードたちの車に乗っている護衛にインカムから声をかける。

「どうした、ホテルに帰るんじゃなかったのか？」

インカムの向こうでがさがさと音がする。誰かが喋っているのか、あちらの車内も騒然とした雰囲気だ。ややあってから、インカム越しに『北河さん、すみません』という押し殺した声がした。後輩の田島だ。

『ハーディーさんが、急に別のルートでホテルに戻るって言いだして……』

後部座席に座るハーディーの耳を気にしてか、田島は限界まで声を潜めている。インカムを耳に押し込み、なぜ、と低く尋ねると、ためらうような沈黙が返ってきた。

『……その、北河さんの車に先導されるのは嫌だから、と』

困惑したような田島の声を聞いた國行は、奥歯を食いしばって溜息を嚙み殺した。今朝、ラシードの部屋で鉢合わせたときのハーディーの顔を思い出す。自分を差し置いて國行がラシードと朝食を取っていたのがそんなにも気に食わなかったか。子供っぽい意趣返しに舌打ちしてハンドルを切った。

「こっちが後ろからついていく分にはいいんだな？　今どのルート走ってるんだ？」

助手席に座る同僚は「お前、あの秘書にライバル視されてるんじゃないか？」なんて笑っている。冗談のつもりだろうが國行は一緒に笑えない。これほど露骨に敵視されるなんて、もしやハーディーはラシードに対し、敬愛以上の感情を抱いているのではないか。

想像しただけで気持ちがささくれた。ラシードは自分のものでもなんでもないのに。子供の頃、弟に大事なおもちゃを横取りされそうになったときに似ている。

（車を右折するとき、王子は何も言わなかったんだろうか）

いくらハーディーでも、ラシードが一言「よせ」と言えば大人しく引き下がったはずだ。ならばラシードはハーディーの暴挙を見過ごしたことになる。國行に嫉妬して埒もないことをするハーディーを眺め、仕方がないとでも言いたげに笑っていたのだろうか。

そんなのまるで――と口の中で呟いた途端、みぞおちの辺りがひやりと冷たくなった。

（……まさか俺、嚙ませ犬とか当て馬とか、そういう役割じゃないだろうな？）

だとしたらハーディーがやたらと自分に嚙みついてくるのも納得だ。ラシードがなんの益もないのに國行とのプレイに興じているのも、ハーディーをやきもきさせたいからではないか。となるとラシードは同性愛者で、だから國行の体に触れるのにも抵抗がなかったということになり、これまでの疑問が綺麗に解消されてしまう。

（いや、まさかそんな……まさかな？）

ハンドルを握る掌に汗が浮いた。嫌な考えを振り切ってアクセルを踏み、早々にラシードの乗る車を発見した。間に数台の車を挟んでいるものの、目視可能な距離だ。

指先で苛々とハンドルを叩いてラシードたちの乗る車を睨む。後部座席では、今まさにラシードとハーディーが隣り合って座っているのだ。どんな表情で、どんな会話を交わしているのだろう。想像したら口の中に苦い唾が広がった。

別に当て馬にされてもいいではないか。恋人同士でなくともSMプレイはできる。頭ではそう思うのに、砂でも嚙んだような不快感に眉根が寄った。

いつの間にか、ラシードからあんなふうに無条件に甘やかしてもらえるのは自分だけだと錯覚していた。自分たちは恋人同士でもなんでもないのに。そう自覚しただけで、こんなにも心がぐらぐらと不安定に揺れるのはなぜだろう。

くそ、と口の中で悪態をついたとき、ラシードたちを乗せた車が道を曲がった。ホテルへ向かうルートから外れて脇道へ入っていく。すぐにインカムから田島が『ハーディーさんが、ちょっと買い物があるそうです』と報告してきた。もう怒る気力もない。

脇道は二車線で交通量も少ない。少し先にビルに囲まれた小さな公園があった。公園の向かいには、店を開けたばかりの飲み屋が軒を連ねている。

ラシードたちの乗った車が公園近くの路肩に止まった。周囲を見る限り居酒屋くらいしかないが、一体なんの買い物をするのだろう。車から降りてくるだろうハーディーを問い詰める気でいたら、なぜかラシードが降りてきた。それも護衛がドアを開けるのを待たず、ひょいと単独で外に出てきてしまう。

「おい、なんで依頼人が一人で車を降りてるんだ！」

インカムに向かって怒鳴りつける。本来なら護衛が周囲を警戒しながらドアを開けるところだ。いくら田島が新人でも看過できない。依頼人が車の乗り降りをするときは一番注意を払えとあれほど口を酸っぱくして言っておいたのに。

田島への説教は後だ。國行もアクセルを踏み込んで公園の前に向かう。その傍らを、センターラインを越えてとんでもない勢いで白いボックスカーが追い抜いていった。そのまま通り過ぎるかと思いきや、車を降りたばかりのラシードへと突っ込んでいく。

「おい、田島！」

叫ぶが早いかブレーキを踏み、サイドギアを入れるのもそこそこにドアを蹴り開け外に飛び出した。車は助手席の同僚に任せ、ラシードに向かって声を張り上げる。

「避けてください！　歩道へ！」

迫りくるボックスカーを前に立ち尽くしていたラシードだったが、國行の声で我に返ったのか素早く身を翻して間一髪のところで突っ込んでくる車を避けた。

ボックスカーは乱暴な運転で路肩に急停車して、すぐに中からばらばらと男たちが降りてきた。國行と同年代の男たちが三人。トレーナーにジーンズ、足元はスニーカーと、どこにでもいそうな身なりだ。國行たちには脇目も振らず、公園の方へ駆けていくラシードめがけて一直線に走っていく。

(王子を狙ってるのか⁉)

國行は全力で男たちを追いかけ、最後尾を走っていた男の襟首を後ろから摑んで力任せに引き寄せた。危険な運転で突っ込んできた上に、明確にラシードを追いかけているのだ。正当防衛と判断して相手の足を蹴りで払う。過剰防衛だったとしても構わない。不意を突かれた男はろくな抵抗もできず背中から地面に倒れ込んだ。

「田島！　押さえとけ！」

ようやく助手席から降りてきた田島に怒鳴りつけ、残りの二人を追いかける。

背後から迫る國行に気づいたのか、片方の男がこちらを振り返った。構えのようなポーズを取っているが、どう見ても素人の見様見真似だ。國行は躊躇なく男の懐まで踏み込んで、応戦しようとする男の手を払いのけ相手の胸倉を摑んだ。

シャツを摑む國行の握力と腕力に怯んだのか後ずさりした相手の足を蹴り上げる。相手の体が浮いて、そのまま横様に地面に倒れ込んだ。力任せの払釣込足(はらいつりこみあし)だ。

このときばかりは素人を固い地面に投げ落とすことにも躊躇などしなかった。むしろ三対一で、相手が頭を打たないよう配慮しているだけ褒めてほしい。

痛みに呻(うめ)く男を放置して残りの一人を追いかける。夕暮れの公園には人気がない。公園の奥にはバスを模した遊具が置かれていて、その前にラシードと男の姿があった。

ラシードは遊具に背中をつけ、男を凝視して動かない。國行も二人の姿を見て息を呑む。ラシードと対峙した男の手には、ギラリと光るナイフが握られていた。

男は背丈こそ國行より低いが、みっしりと肉の詰まった体はレスラーを思わせる。かつてない危機感を覚え、走る速度を上げたそのとき、ラシードがこちらに気づいた。

「國行！　来るな！」

目が合うなり叫ばれて足が止まった。こんなときなのにラシードの言葉に馬鹿正直に従おうとする自分に驚愕する。だが、男の持つナイフの切っ先はラシードに向いている。黙って見ていることなどできるはずもなく、無理やり足を動かして男の背に体当たりをした。

渾身の力を込めたが、ウェイト差がありすぎたのかこちらが跳ね返されてたたらを踏んだ。相手は後ろから駆けてきた國行にまったく気づいていなかったらしく、驚いたようにこちらを振り返って闇雲にナイフを振り回してきた。

ナイフの先が右の前腕を掠めた。構わず手を伸ばして相手のシャツの襟首を摑む。顔と腹さえ刺されなければいい。

ナイフに怯まない國行を見て躍起になったのか、男が刃物の切っ先を國行の右腕に突き立ててきた。

「……っ！」

ジャケットとシャツを突き破って、刃先が肉に食い込んだ。構わず男の襟首を取って投げ飛ばそうとするが、見た目以上に重い。技をかけ損ねて膝から地面に倒れ込みそうになる。間一髪踏みとどまったが、体のバランスを崩してすぐさま攻撃に転じることができない。

あっと思ったときには男が再びナイフを振り上げていた。まっすぐ顔面に向かって振り下ろされるそれからとっさに顔を背けたとき、突然男の体が真横に吹っ飛んだ。

目の端に一瞬映ったのは、男の背後に駆け寄ったラシードが繰り出した、鮮やかな上段回し蹴りだ。

まるで車に撥ね飛ばされたような勢いで男の体が地面に叩きつけられる。強烈な蹴りで意識を刈り取られたのか、そのまま地面に突っ伏して動かなくなった。

國行は肩で息をしながら男を凝視する。こんな大男を一発でのしてしまうなんて、格闘技の経験でもあるのかとラシードに尋ねようとして、声を呑んだ。

男を蹴り飛ばしたラシードは肩で息をして、かつてなく剣呑（けんのん）な目で國行を睨んでいた。

「……来るなと言ったはずだぞ。なぜ言いつけを聞かなかった」

低い声で詰め寄られて背筋が凍りつく。ラシードのこんな声を聞くのは初めてだ。

「それは……緊急事態だったので」

「刃物を持った男の手元を見たか？　震えていたぞ。お前が突っ込んでこなければ、私に襲いかかってくることもなかったはずだ」

ラシードの表情は険しいままで、ふつふつとした怒気が伝わってくる。気圧されて声が震えそうになったが、無理やり言葉を押し出した。

「手元を震わせていても、貴方を襲わないという確証はありませんでした。あれが最善の行動だったと考えます」

「他の護衛と連携も取らず、そんな大怪我を負うのが最善か」

「このくらい、大した怪我では」

「己を無下に扱う人間は嫌いだと言ったはずだぞ」

撥ねつけるような口調に身が竦んだ。

右手を握りしめると、指の間が濡れていた。ナイフで刺された場所から血が伝って指の間から滴り落ちる。にもかかわらず、痛みはあまり感じなかった。それよりも怒りを露わにしたラシードにうろたえ息が浅くなる。

ラシードは顔面蒼白になる國行を見下ろし、小さな溜息をついた。

「……私を守ろうとしてくれたことに関しては、感謝している。だが自分の命を粗末にする人間は信用ならない」

國行は何も言い返すことができない。

ラシードの前では最善の行動だったと言ったものの、実際はどうだろう。普段の自分な

ら、もう少し冷静に田島たちの援護を待つこともできたのではないか。でも今回は、ラシードにもしものことがあったらと思った途端、冷静さを取りこぼした。自分でも私情に走った浅はかな行動だったと思う。プロ失格だ。

項垂れていると、背後から慌ただしい足音が近づいてきた。

「ラシード様、お怪我は！」

後ろから國行を追い越したのはハーディーだ。ラシードの腕に飛びつくようにしてその無事を確かめ、心底安堵した顔で溜息をつく。

ハーディーに腕を引かれて車に戻る途中、すれ違い様ラシードが低く呟いた。

「少し頭を冷やせ。そのやり方ではいつか命を落とす」

まるで温かみのない声だった。失望すら感じさせるそれに背筋が震えて動けない。

立ち尽くしていると、背後から田島が駆け寄ってきた。

「北河さん、また怪我したんですか！　警察が来るまで依頼人は僕らで護衛してますから、北河さんはすぐ病院へ行ってください！　また青野さんに怒られますよ……！」

田島が口やかましく何か言っているのを聞き流し、國行はのろのろと背後を振り返る。

田島の肩越しに、ラシードたちが車に乗り込むのが見えた。ラシードは一度もこちらを振り返らない。

右腕からはまだ血が滴っている。でもこんな傷、大したことではない。むしろ名誉の負傷だ。依頼人たちからはいつも感謝された。そこまでして守ってくれるなんて、と。

だから今回も、褒められることを期待した。それなのに、実際に向けられたのは労いの言葉どころか落胆の目だ。

（弟を車から庇って怪我をしたときは、あんなに褒められたのに――）

ラシードも一応は礼を述べてくれた。けれどまったく喜んではいなかった。褒められもしなかった。それどころか、間違ったことをしたような顔をされた。

未だ血を流し続ける腕に目を落とす。指先から血が滴って、夕日に染まる地面に黒い染みが点々と落ちていた。俯いてじっとそれを見詰める。顔を上げられない。

（怒られた）

夕暮れの迫る公園は、子供の頃の記憶を喚起する。自分の居場所がないような、帰り道を見失ったような、幼い頃に胸を占めていた心許ない気分が蘇る。

そうこうしているうちに、公園の前にパトカーが到着した。辺りは物々しい雰囲気に包まれ、誰も彼もが気ぜわしい。

だから公園の隅で俯いた國行が子供のように心細い表情をしていたことに、気がつく者は誰もいなかった。

ラシードを襲った男たちはすぐさま警察に連行された。

男たちは街でたまたまラシード一行と出くわし、金目のものを強奪する目的で襲ってきたらしい。しかし相手が中東の王子であることは知らず、単に身なりのよさから金持ちだと判断して襲ったと供述しているそうだ。

この短期間に異国の地で四度も襲われるなんてさすがに不自然だが、男たちの言葉の真偽を確かめる術はない。何はともあれラシードが帰国するまであと五日だ。その日まで何事も起こらぬよう警戒を強めるしかない。

青野から思いもよらぬことを告げられたのは、國行がそうやって心新たに警護に当たろうとしていた矢先のことだった。

「北河、明日から王子の護衛を外れろ」

腕の傷を病院で治療してもらった帰り、青野に呼び出されて会社まで行ってみたら、開口一番そう言われた。あまりに突然のことで、すぐには二の句も継げなかった。

「その腕じゃろくな警護はできないだろ」

「……っ、この程度の傷、問題ありません。縫ったわけでもありませんし」

「でも医者からは全治一週間って言われたんだろ?」

「全治一週間なんてかすり傷と一緒です」

食い下がれば、青野に弱り顔で腕を組まれてしまった。

「実際大した傷じゃないのかもしれんが、利き腕をやられてるのは事実だろ。今回の依頼人は妙にトラブルに巻き込まれやすいし、警護を今以上に厚くする必要がある。できれば体調が万全のメンバーに任せたい」

「俺だって普段と同じように動けます」

青野は腕を組んだまま、目を閉じて低く唸る。言おうか言うまいか迷うような顔でしばらくじっとしていたが、やがて意を決したように目を開けた。

「実はな、お前を警護から外すよう、依頼人から直々に要望が出てるんだ」

何を言われても警護を外れる気のなかった國行だが、これには言葉を失った。一瞬、またハーディーがしゃしゃり出て警護の邪魔をしてきたのではと思ったが、今回の要望は間違いなくラシードからのものらしい。

頭を冷やせ、とは言われたが、まさか護衛を外されるとは思わなかった。ラシードが日本にいられるのはもうあと数日しかないのに。公園での失態を挽回することはおろか、顔を合わせることすらできなくなってしまうなんて。

見る間に勢いを失って項垂れる國行を不憫に思ったのか、青野がことさら明るい声で言った。

「これまでも、お前はちょっと自分を犠牲にしがちだったからな。後戻りできないくらいの大怪我する前に護衛の仕方を改めてみるのもいいんじゃないか？　あと、お前去年は全然有休消化できてなかったよな？　怪我が完治するまでの一週間は有休取っとけ。今年こそちゃんと消化しろよ」

青野の言葉を國行はほとんど上の空で聞き流す。ラシードに必要とされていない事実に打ちのめされて、他の言葉が頭に入ってこない。青野の決定に反発するだけの気力もなく、明日から一週間自宅療養を続けることを約束して会社を出た。

夜道をふらふらと歩いて駅までやってきたはいいものの、電車に乗り込む気にならず何本も電車を見送った。自宅に戻って布団に入ったとしても、ラシードから向けられた冷たい視線や言葉を何度でも思い出して眠ることなどできないだろう。そう予想がつくだけにますます帰りたくない。

たった一人に拒絶されただけなのに、その相手がラシードだと思うと信じられないくらい心細い気持ちになって、誰かにそばにいてほしくなった。けれど國行にはこんなとき気楽に声をかけられるような友人がいない。学生時代は勉強と柔道に忙しく、就職後も仕事ばかりであまり同僚とコミュニケーションを取ってこなかった。

実家に帰る気にもなれない。弟は地元で就職をして今も実家暮らしだ。十年近く家を離れている國行は、もうあの家で寛ぐことができない。学生時代に使っていた自室だって、とうに物置になってしまった。

長いことホームに佇(たたず)んでいた國行は、自宅に向かうのとは逆方向の電車に乗る。向かう先はＳＭクラブだ。

プレイなんておまけで、誰かと過ごせるならそれでよかった。どうせラシードが相手でなければなんの高揚も得られない。

しばらく電車に揺られ、目的の駅で降りる。

飲み屋とホテルが入り乱れ、奥まった道にいかがわしい店が軒を連ねた繁華街は、夜が更けてますますきらびやかだ。

途中、クラブに予約の電話を入れていないことに思い至って足を止めた。人の邪魔にならないよう道の端に寄り、携帯電話を取り出したところで何もかも煩わしくなって動きを止める。ぼんやりと顔を上げれば、毛細血管のように複雑に入り組んだ細い路地が目の前に広がっていた。道によって明るさが異なる。飲み屋が並ぶ通りは賑やかな声とともに眩しいくらいの光が溢れ、風俗店が並ぶ道からはほんのり赤みを帯びた照明が道行く人を誘うように漏れている。あまり光の届かない裏通りには、ひっそりとラブホテルが並んでいた。

ふと目を転じると、ホテルの並ぶ薄暗い道に男女二人が佇んでいた。

女性は長い髪を結い上げ、背中が大きく開いた黒いワンピースを着ている。遠目に眺めていても色香が漂ってくるようなスタイルのいい女性だが、國行の視線はその隣に立つ長身の男性に引き寄せられた。

随分と姿勢のいい男だ。それに女性をエスコートする仕草に品があった。こんないかがわしい繁華街には似合わないくらいの——などと考えて、國行は目を見開く。

外灯の光に横顔を照らされたその男性が、ラシードだったからだ。

國行の立つ場所から二人までの距離はそれなりにあったが、見間違えるはずもない。隣にいる女性は誰だろう。ラシードは彼女の腰に手を添え笑っている。公園で國行に向けてきた不機嫌そうな顔とはまるで違う満面の笑みだ。そのまま女性を伴って、迷うことなく近くのホテルへ入っていく。

國行は、携帯電話を持つ手を体の脇にだらりと垂らしてその光景を見ていることしかできなかった。

もう一度ホテルを見るが、ラブホテルで間違いない。たとえラブホテルでなかったとしても、こんな夜も遅い時間に男女が二人でホテルに入っていくとなれば目的など知れている。

呆然とホテルを見ていると、少し間を置いてスーツ姿の男性二人がホテルに入っていった。二人とも國行の同僚だ。ラシードに同伴していた女性に気取られぬよう、時間差でホテルに入って護衛を続けるのだろう。依頼人が愛人などと会う際、愛人側に護衛の存在を気づかれないよう使う手だ。

かなり長いこと経ってから、はっと國行は我に返る。そういえば、ハーディーの姿がなかった。これまではどこに行くにもラシードの傍らにはハーディーがいたのに。さすがにこういうときはラシードも秘書を置いていくのか。

(あの秘書と恋人同士ってわけでは、なかったのか……)

それとも、たった今ホテルに入っていった女性もハーディーも、等しくラシードの恋人なのだろうか。ラシードはたった一人しか伴侶にはしないと言っていたが、それは婚姻関係を結ぶ相手が一人だけということで、恋人は多数持つ気でいるのかもしれない。

それが当たり前の文化圏で生まれ育った人だ。責めるのはお門違いだろう。そうでなくとも自分はラシードの恋人でもなんでもない。気まぐれにプレイにつき合ってもらっていただけなのだから。

こうして別の誰かとホテルに入っていく様子を目の当たりにして、やっと腹の底から腑に落ちた。

(俺だけ特別ってことではなかったんだ……)

もしかしたら、なんて仄かに期待していた自分が愚かだったのだ。

もうSMクラブに行く気にもならない。きっと今、どんなに強く鞭で叩かれても、縛られても、暴言を吐かれても、思い出すのはラシードのことだけだ。

大枚をはたけば事細かにプレイ内容を指定することもできるだろう。ラシードがしてくれたプレイを忠実に再現することも可能かもしれない。でも、國行が求めているのはプレイそのものではない。

（……あの人がいい）

どうしてラシードでなければ駄目なのか自分でもわからない。ちょっと珍しいくらい端整な顔立ちのせいか。大柄な自分よりさらに一回り大きな恵まれた体軀のせいか。王族として育てられたその風格に惹かれたのかもしれない。人にものを命じることに躊躇がなく、それでいて無闇に傲慢な振る舞いはしない。王族でありながら市井の女性の声に耳を傾け、自分にできることを模索している。

視察中、職人に対する敬意を忘れないところも好感が持てた。ラシードの身分をよく理解していない相手に多少雑な扱いをされても笑って受け流す。元来懐の深い人なのだろう。國行のSM趣味も否定しなかった。その寛容さも好きだ。

地面に視線を落としていた國行は、胸の中で呟いた自分の言葉にゆるゆると顔を上げる。

（……好きだ）

もう一度口の中で呟いたら、短い音の羅列でしかない言葉に鮮やかな色がついた。

ラシードのプレイが、ではない。ラシードのことが好きなのだ。

どこが？　と自らに問えば、間を置かず次々言葉が溢れてくる。

空港で初めてラシードを見たときから、独特の雰囲気がある人だと思った。こんな人がご主人様だったら、とも。話してみたら王族とは思えないくらいに気さくで驚いた。護衛である國行を庇って頭からビールを浴び、傷の手当てまでしてくれたときは正直胸がときめいた。

（全部、王子と会った最初の日に起きたことじゃないか）

そんなに最初から惹かれていたのに、ラシードが好きなのかラシードとのプレイが好きなのか判断がつかなかった。なんて鈍いんだと自分に呆れて乾いた笑いが漏れる。

夜も更けた繁華街は酔っ払いで溢れていて、一人で笑っている國行を誰も気に留めない。だから國行も気が済むまで笑い続けた。笑っているのにだんだん視界が濁ってきて、笑い声が嗚咽じみたものにすり替わっても構わずに。

両手で顔を覆う。右腕の傷はもうほとんど痛みを感じないのに、どうして斬りつけられたわけでもない心臓がこんなに鋭い痛みを訴えてくるのだろう。痛みには強いつもりでいたのに、目の端からじわじわと滲み出てくるものを止められない。

國行は両手で顔を覆ったまま無理やり呼吸を整えると、ホテルを振り返りもせず踵を返す。長々とこの場にとどまっていたら、ホテルから出てくるラシードたちと鉢合わせしてしまうかもしれない。そうなったら今度こそ立っていられなくなりそうで怖かった。

覚束ない足取りで駅へ向かう。その間も女性の腰を抱いてホテルに入っていくラシードの横顔を何度も思い出してしまって、國行は目元が赤くなるのも構わずシャツの袖でごしごしと濡れた目元を拭った。

大学生のとき、恋人がいた。異性の恋人だ。同じ学部の同級生で、相手から告白されて、断る理由もなくつき合った。実家を離れたばかりで人恋しくもあり、卒業までつつがなく関係は続いた。肉体関係もあった。違和感はなかった。

卒業と同時に別れ話を切り出された。後に同級生から、彼女が二股をかけていたという噂を聞いたが、別にどうとも思わなかった。すでに彼女とは別れていたし、強いて言えば、二股にまったく気づかなかった自分は鈍いなと自嘲気味に思ったくらいだ。

國行の恋愛経験はこのエピソード一つで事足りる。それ以前に誰かに片想い（かたおも）いをしていたとかそういう話は一切ない。思えば恋愛方面に疎い人生を送っていたものだ。

そんな國行であるから、ラシードに恋心を抱いていると自覚した夜は眠れなかった。さらに自覚した瞬間失恋したと悟って、朝になっても布団から出られなかった。

これまで同性に対して恋愛感情を抱いたことなどなかったので、最初はラシードへの恋心さえ本物かどうか疑った。ＳＭクラブでは男性のご主人様とプレイをすることもあったが、それは単純に男性の方が腕力があるからであって、それ以上の意味などない。

同性に恋をするなんて何かの間違いではないかと思ったが、これが恋でないのなら、どうしてラシードが他の誰かとホテルに入っていく姿を見ただけで寝込んでしまうのか。思い出しただけで泣きそうになるなんて尋常ではない。

午前中はぐずぐずと過ごし、正午近くなってようやく布団から這い出したが、頭の中はラシードのことでいっぱいで何もやる気にならない。誰か一人のことを考えすぎて他のことを考える余地がなくなるなんて初めてだった。空腹すらも覚えない。

このままでは一週間の有休が無為に終わってしまう。せっかくの休みだ、何かしたいことはないかと考えてみるが何も浮かばない。

――こんなに他のことが手につかないなら、いっそラシードに会いに行ってしまえばいい。そう開き直るまでに時間はかからなかった。頭でごちゃごちゃ考えるより、行動する方が性に合っている。

昼食代わりのプロテインを腹に流し込み、普段のスーツではなくデニムに黒のシャツを着て家を出た。ちょっとした変装のつもりで黒いキャップも目深にかぶる。幸い、帰国するまでのラシードの行動予定はすべて頭に入っているので追いかけるのは簡単だ。

（そうだ、どうせあと数日であの人は日本を発ってしまうんだから）

ラシードが帰国したらもう二度と会えない。だったらせめて、少しでも近くでその姿を眺めていたい。そんな己の欲求に素直に従い、國行はタクシーに乗り込んでラシードが仕事で訪れているだろうビルに向かった。不毛なことをしていることは十分承知で、大通りに面した喫茶店に入る。窓際の席に座れば、通りの向こうに建つビルの正面玄関がよく見えた。あと一時間もしたら、あそこからラシードたちが出てくるはずだ。

仕事ではないので周囲を警戒する必要もない。適当に注文した酸味の強いコーヒーを飲みながら、飽きもせずラシードのことを考えた。

自分が男性を恋愛対象として見る日が来るとは思っていなかったので、さすがにまだ困惑も残る。本当に好きなのか、それとも理想のご主人様として慕っているだけなのか、考えているだけで一時間なんてあっという間に過ぎていった。

（そもそも、誰か一人のことをこんなに長時間考えること自体これまでなかったな）

カップの底に薄く残ったコーヒーを眺めてそんなことを思っていたら、ラシードたちがビルから出てきた。

昨日まで毎日間近で見ていたはずなのに、ラシードを見た瞬間心臓が跳ね、椅子から腰を浮かせかけてしまった。まるでアイドルの出待ちをしているファンの気分だ。

すぐにビルの前に車が止まり、護衛がラシードのために後部座席のドアを開けた。窓にはスモークが貼られているので、車に入ったらもうその顔が見えない。名残惜しくその様子を眺めていたら、車に乗り込む前にラシードがジャケットの胸ポケットに手を当てた。胸に差したハンカチの形を整えたようだ。

國行は軽く目を眇める。國行の視力は一・〇ということになっているが、それは単に視力検査でそれ以上測ってくれないからであり、実際は二・〇の行まで余裕で見える。

ラシードが胸に差しているハンカチは紫。そこにちらりとオレンジが見えて息を呑む。

(俺がプレゼントしたハンカチだ)

ラシードはすぐ車に乗り込んでしまったが、一瞬見えたハンカチの残像は瞬きをしてもなかなか消えなかった。

國行を護衛から外したくせに、プレゼントしたハンカチは使ってくれるのか。物に罪はないと割り切っているのか、はたまた贈答品が多すぎてどれを誰からもらったものなのか忘れてしまったのか。

どちらにしろ、自分の贈ったものがラシードの手元にあって、きちんと使ってもらえているのが嬉しかった。大事にしたいから、なんて言いながら箪笥の奥底にしまい込まれてしまうよりずっと嬉しい。

こんなことで胸の辺りがふわふわして、目の周りに熱が集まっていく。相手の一挙一動に振り回される、これが恋なのか。

ラシードが帰国するまでもう二度と直接話をする機会がなかったとしても、せめてあのハンカチだけはラシードとともに海を渡ってほしい。自分の代わりに、あのハンカチだけでもそばに置いておいてほしい。

柄にもなく真剣にそんなことを思ってしまい、これまでの自分とはかけ離れたその思考に照れて、國行は赤くなった頬を隠すように両手で顔を覆った。

その日は終日こんな調子でラシードの後をついて回った。声をかけることはもちろん、近づくことすらできなかったが、遠目にその姿を見られるだけで胸が弾んだ。残りの有休もこうやって過ごそうと早々に決心したくらいだ。

しかし、幸せな時間は長く続かない。

ラシード一行がホテルに戻ってきたのは、夜の十時も回る頃のことだ。タクシーでそれを追いかけてきた國行はホテルから少し離れた路肩で車を止め、ラシードたちがホテルに入っていく姿を見届けてからふらふらと歩き出した。その横顔は、日中ラシードを追い回していたときとは打って変わって陰鬱だ。

ホテルの向かいには都内有数の大きな公園がある。その入り口に立って、國行は青白い顔でホテルを見上げた。何をするでもなくホテルを眺めていると、数時間前に見た光景が何度も頭に蘇る。

本日の予定もつつがなく終わり、後はホテルに帰るばかりとなった頃にそれは起こった。ラシードたちの車が予定にない進路を取り始めたのだ。

またハーディーが突発的な予定でも入れたのかと思いつつタクシーで後をつけてみたら、車はいかがわしい繁華街のホテルの前で止まった。そこは昨日ラシードが見知らぬ女性と入っていったホテルであり、その前ではまさに件（くだん）の女性がラシードを待っていた。

二人は親しげに言葉を交わし、慣れた様子でホテルへ入った。ちなみにハーディーは車の中で待機だ。ハーディーとラシードの関係がどんなものかわからないが、もし恋人同士だったら、と想像しただけで切なさが極まって心底ハーディーに同情してしまった。昨日まで面倒な人物だとうんざりしていたはずなのに、同じ相手に恋心を抱いているかもしれないと思えばこんなふうに感情移入できてしまうのだから、恋とは実に恐ろしい。

それから一時間ほどしてラシードと女性はホテルから出てきた。

一時間というのが恋人との逢瀬として長いのか短いのかよくわからないが、別れ際までラシードは女性と睦まじく会話を続けていた。まるで別れを惜しむ恋人同士のようなその姿を見たときは、胸に太い杭でも打ち込まれたような痛みに呻き、とっさに目を逸らしてしまった。

ホテルで待ち合わせをして、一時間で別れる。淡白な関係のように見えるが、実際のところはどうだろう。ラシードは二週間と期限を決めて日本に滞在しているし、日中は多忙を極めている。そんな中、たった一時間を捻出して恋人との逢瀬に当てているのだとしたら、むしろそれはとんでもなく情熱的な関係ではないか。

（……後なんてつけるんじゃなかった）

公園の前に立ち尽くした國行は、昼とは一転して暗い表情でそう思う。ラシードが恋人に会うとわかっていたら、絶対にこんなことはしなかった。

そもそも自分がしていることはなんだ。こっそりラシードの後をつけて、ストーカーか。しかも職権を乱用している分、質が悪い。会社にばれたら大目玉だ。

しかしラシードが日本にいるのもあと数日。その顔を目に焼きつけておきたい気持ちも拭いがたい。

（せめて朝、ホテルから出てくる姿を見るだけなら……それならつけていることにもならないし、ぎりぎりセーフか……？）

益体もないことを考えている間も時間は刻々と過ぎていく。ラシードたちがホテルに戻ってからすでに二時間近く経った。そろそろ終電も出てしまう時間だ。いい加減帰らなければと思っていたら、ホテルの正面入り口から誰かが出てきた。

銀色に近い白っぽいスーツに見覚えがあってどきりとする。もしやラシードかと思ったが、違った。ハーディーだ。護衛をつけることもなくホテルから出てきて、一人でどこかへ行こうとしている。

普段から夜はホテルを抜け出しているのだろうか。ラシードと違いハーディーは護衛対象ではないので、國行たちも夜の間彼が何をして過ごしているのか知る由もない。

秘書であるハーディーが自由に過ごしているということは、ラシードももう仕事を終えているのだろう。すでにベッドに入っている頃かもしれない。

（……俺も帰ろう）

こうしてホテルの前に立っていたところでばったりラシードに会えるわけもない。項垂れて駅に向かいながら、やはりラシードの後をつけるのはこれっきりにしようと思った。ラシードが恋人と逢瀬を重ねる姿を見るなんて辛いだけだ。

とぼとぼと歩いて駅前までやってくる。夜も遅いが駅前はまだまだ人通りが多い。目の端を見知った顔が過った気がして顔を上げると、人込みの中にハーディーがいた。

反射的にキャップを深くかぶり直す。俯いてやり過ごそうとしたが、ハーディーの隣に誰かいることに気づいて足取りが鈍った。女性だ。

キャップのつばからちらりと女性の顔を見て、國行はうっかり足を止めそうになった。ハーディーと肩を寄せ合うように歩いていたのは、数時間前にラシードと一緒にホテルに入っていったあの女性だ。

ラシードがホテルに彼女を呼びでもしたのかと思ったが、ハーディーと女性はホテルとは反対方向へ歩いていく。しかも、互いに顔を寄せ合ってやけに親密な様子だ。

気になって、人込みに紛れて二人の後をつけてみた。

すでに終電も近い時間だ。駅前の店もほとんどが閉まっている。どこに行くつもりかと訝しんでいたら、二人は肩を並べて背の高い建物に入っていった。

少し離れた場所からその様子を見ていた國行は口を半開きにする。二人が入っていったのは、ちょっとした飲食店が入ったビル——などではなく、シティホテルだ。

（どうなってんだ⁉）

シティホテルとラブホテルは別物だが、この時間帯に男女が二人でホテルに入っていったら、お喋りだけして出てくるとも思えない。

（あの女性は王子の恋人じゃなかったのか？　秘書だって承知してるはずだよな？）

ラシードの恋人に手を出すなんてどういう心積もりだろう。女性も女性だ。ラシードというものがありながら、その部下と深夜にホテルで密会するとは。

（まさか、王子があの二人に誑かされてるとか……？）

しかしなんのために。あれほどラシードに忠実だったハーディーがそんなことをする理由が思いつかない。

これまでのハーディーの献身ぶりを思い返していた國行は、待てよ、と眉を寄せる。

（……護衛中、何かトラブルが起こる前は大抵あの秘書が妙な行動をしてなかったか？）

コインパーキングに止めていた車がパンクしたとき、車に見張りをつける必要などないと強く主張したのはハーディーだった。ラシードに向かってバイクが突っ込んできたときも、タイミングを計ったように國行たちの警護をすり抜けラシードに先頭を歩かせていた。昨日公園で男たちに襲われたときだって、ハーディーが急に買い物をしていくなんて言い出してあの道に皆を誘導したのではないか。

（それに、来日した日に王子がパーティーを抜け出したのだって……）

一人で外に出たラシードにその理由を尋ねたとき、ラシードはこう言っていた。

『すまんな。仕事相手がここで待っていると秘書に言われたものだから』

下手な嘘だと思って真面目に取り合うこともしなかったが、もしかしたらラシードは嘘などついていなかったのかもしれない。ハーディーにあの場へ行くようそそのかされ、それで酔っ払いに絡まれていたのではないか。

（あの酔っ払いも、本当にただの酔っ払いだったのか？）

今回はやたらと酔っ払いに絡まれることが多い。相手は揃って酩酊していて、後から事情を聞いたところで「覚えていない」の一点張りだ。おかげでラシードを狙ったのかそうでないのかわからなかったが、捜査をかく乱するためにわざと酔っ払いばかり仕掛けていた可能性もある。

國行は口元を手で覆ったまま立ち尽くす。

全部ただの状況証拠だ。物証はない。だが、偶然にしては回数が多すぎる。

（……思い過ごしか？）

ハーディーたちが入っていったホテルを見上げる。

國行は終電を逃す覚悟でホテルの前に立ち続けたが、それから一時間以上経っても、二人が外に出てくることはなかった。

ハーディーのことを会社に報告するかしないか一晩悩んで、結局しないことにした。ラシードの恋人とハーディーが夜中に密会していること自体は問題にならない。依頼人の痴情のもつれまでは管轄外だ。ラシードを襲ってきた男たちとハーディーの間に直接的な接点も見出(みいだ)せない以上、妙な報告をされても青野だって困惑するだろう。

となると國行にできることなど一つしかない。個人的にラシードを警護することだ。

有休二日目も、國行は朝からラシードたちを尾行した。ハーディーが少しでも怪しい動きをすればすぐに取り押さえるつもりで。

誰かにサポートを求めることもできず、飲食やトイレも最低限に抑えなければいけないので体力的にはかなりきつい。さらにラシードや他の護衛に自分の存在を気取られぬよう隠れて行動しなければならず、四六時中気を張りっぱなしだ。それでも國行は一人で護衛をやり遂げた。

その日は特にトラブルに巻き込まれることなく、ラシードの恋人――なのかハーディーの手先なのかわからない女性――も現れることはなかった。

気を揉みすぎたかとも思ったが、あの女性が真夜中にハーディーとホテルに入っていったのは事実だ。

何もしないでラシードが危険な目に遭うくらいなら、徒労に終わったとしても護衛を続けた方がいい。そう結論づけ、三日目も早朝からホテルの前に張り込んでラシードたちを追いかけた。

尾行にはタクシーを使う。レンタカーを使ってもいいのだが、バックミラー越しに同じ車を何度も見かけたら同僚たちに怪しまれる。だったらその都度タクシーを乗り換えたほうが尾行に勘づかれにくい。

精力的に都内とその近郊を巡るラシードを遠目に眺め、國行は溜息をついた。

（せめて最後にもう一度、声を聞きたかったな）

会話はおろか、近寄ってその声に耳をそばだてることさえできない。唇から漏れるのは切ない溜息ばかりだ。ラシードを追いかけながら、一日中彼のことばかり考えている。

とはいえ、その傍らにいるハーディーの動向に目を光らせるのも忘れない。見る限り、ハーディーは従順な秘書らしく何くれとなくラシードの世話を焼いているようだ。

三日目も何事もなく仕事は終わった。後はホテルに戻るだけだが、ラシードたちの車をつける國行の表情は今日のどの瞬間よりも緊張で強張る。

（このままホテルに戻るんだろうか。それとも――）

この道を直進すればホテルに着くというところで、ラシードたちを乗せた車が方向指示器を上げた。やはり、と思ったらみぞおちに拳でも叩き込まれたような声が喉から漏れた。

それを無理やり呑み込み、運転手に同じ方向へ曲がるように告げる。

今日の予定はすべて終えたはずなのにホテルに帰らないということは、またあの女性に会いに行く可能性が高い。見たくないが、女性とハーディーが何か企(たくら)んでいるかもしれない以上、見過ごすわけにもいかなかった。

また繁華街に向かうのかと思いきや、車はラシードたちが泊まっているホテルの近くにある高級ホテルに入っていく。

いつも女性と会うときは繁華街のホテルを使っていたのに。今日は別人と会うのだろうか。そうであってほしいと内心祈りつつ、國行もホテルの前でタクシーを降りた。

思い立って尾行を始めた初日は動きやすいようラフな格好をしていたが、二日目以降は仕事中と同じスーツを着るようになった。スーツならどんな場所でもドレスコードに引っかからないし、あまり堅苦しくない場所でもジャケットを脱いでネクタイを取ってしまえばそれなりに周りの景色に溶け込める。

車寄せで降車したラシードがロビーに入っていく。國行も距離を開けてそれに続いた。

カフェを併設したロビーは広く、高い天井にさざめくような大勢の人の声が響いている。國行は他の客に紛れ、エレベーターホールに向かうラシードたちの後を追った。ホールの入り口に身を潜め、ラシードたちが乗ったエレベーターのドアが閉まると同時にその前に立って階数表示板を確認する。

エレベーターは途中で止まることもなく最上階で停止した。バーラウンジだ。

國行もすぐエレベーターに乗り込んでバーへ向かった。最上階で降りると、エレベーターホールに田島が立っていた。店の前を警護していたようだが、國行を見てぎょっとしたように目を見開いた。

「あれ、北河さん？　有休取ってたんじゃ？」

「依頼人は？」

田島の質問には答えず、その傍らに立って低く尋ねる。仕事中と変わらぬ張り詰めた表情に気圧されたのか、田島はあっさり「奥のカウンター席です」と答えた。

「一人で？」

「いえ、女性と一緒ですね。これまでも何度か会っている……」

もしや別人と会うのでは、と期待したのだが、やはり彼女か。無自覚に険しい顔をしていたようで、田島が怯んだ様子で「なんですか、さっきから」と後ずさりする。

「北河さん、仕事休んでるんですよね？　なんでここに？」

「プライベートだ」

言うが早いかバーに向かった。背後から「だったらなんで仕事の話なんてするんです」という情けない声が響いてきたが振り返っている余裕もない。

店員に案内されてバーに入る。店の入り口にも同僚が立っていたが無視した。あくまで自分はプライベートでここにいるのだという態度を貫く。

紫色のライティングを施された店内は広く、窓から夜景が一望できる。窓に沿ってテーブルが配置され、中央にはカウンター席もあった。

田島が言った通り、カウンター席にラシードがいた。入り口に背中を向けて座っているので國行には気づいていない。その隣には例の女性もいる。ハーディーも一緒に車を降りたはずだが、店内には姿がなかった。席を外しているのか。

國行はラシードたちから少し離れたテーブル席に腰を下ろし、適当にウィスキーを頼んだ。照明を絞った店内は薄暗いが、よく見ると一般客に交じって同僚たちの姿もある。ラシードのプライベートに配慮したのか、カウンター席からはかなり遠い。一番ラシードに近い席にいるのは國行だ。

運ばれてきた酒を口に含んでカウンターに目を向ける。國行の席から見えるのはラシードの後ろ頭ばかりで、むしろその隣にいる女性の顔がよく見えた。

年は二十代の後半といったところか。改めて見ると相当の美人だ。目鼻立ちはくっきりと華やかで、笑顔に気取ったところがない。ラシードの言葉に深く相槌を打って笑っている。大変に感じのいい女性だ。

猥雑な繁華街のラブホテルで逢瀬を重ねていたときは、恋人というより現地妻に近い存在かと思ったが、これは違うかもしれない。突然グレードの高いホテルで会うことにしたのは、それだけラシードが彼女に対して本気になっている証拠ではないのか。

(……でも、彼女は夜中に秘書とも会っている)

彼女が二股をかけていることをラシードに伝えるべきだろうか。しかし言ったところで信じてもらえるかは疑問だ。こちらはラシードの不興を買って警護を外されている。腹いせの言いがかりだと思われても不思議ではない。

(二股だけじゃない。滞在中、何度も王子を襲うよう手はずしたのはあの秘書の指示かもしれないのに……。でも、それも証拠があるわけじゃない。俺の考えすぎかも。たとえ事実だとしても、俺の言うことより四六時中そばにいる秘書の話を信じるに決まってる)

どうしたものかと頭を抱えていると、それまで姿を消していたハーディーが店に入ってきた。まっすぐカウンターに近づいて、そっとラシードに耳打ちをする。

ラシードが頷いて席を立った。女性に向かって電話を取るような仕草をしてみせ、ハーディーとともに店を出ていってしまう。

店内に散らばる護衛たちの目はラシードに集中したが、國行だけは違った。カウンターに残された女性が、膝に置いた小さなバッグから何かを出したのに気づいたからだ。

女性が取り出したのは、掌に握り込めば隠せてしまうくらい小さなパウチだ。半透明のそれから何かを取り出し、ラシードが残していったグラスの上にかざす。

女性が手の中に隠しているのは薬包紙か。中からさらりと粉が落ちて酒の中に落ちていく。

とっさに近くにいた護衛を振り返るが、皆ラシードの方へ目を向けて女性を見ていない。見ていたとしてもあんな離れた席からでは女性が飲み物に何か入れたことには気づけないか。誰よりもカウンター席から近く、さらに視力二・〇を誇る國行でさえ危うく見逃しかけたくらいだ。

女性はラシードを待ちながらのんびりとカクテルを飲んでいる。同行者のグラスに薬を入れたにしては落ち着き払っていて、見間違いだったのではと不安すら抱く。

（いや、彼女がこの手の犯行に慣れているという可能性も……）

立ち上がってカウンター席に行くべきか否か、迷っているうちにラシードが一人で戻ってきた。女性の隣に腰を下ろし、すぐにグラスへ手を伸ばす。

女性が酒に何を入れたのかは知らないが、さすがに席を立った。國行の見間違いだった可能性も捨てきれないが、万が一毒を含むような薬を入れられていたとしたら？

女性はカウンターに肘をつき、上目遣いにラシードを見ている。ラシードがグラスに口をつけるのを虎視眈々と待っているようなその目を見た瞬間、カウンターに向かって走り出していた。

「待ってください！　飲み物に何か入っています！」

ラシードがグラスに口をつける直前、間一髪でその肩を後ろから掴んだ。

振り返ったラシードは突然声をかけられたことより、そこに國行がいることに驚いた様子だ。目を丸くするラシードの返答を待たず、國行は隣に座る女性を視線で示した。

「貴方が席を離れている間に、そちらの女性が」

カウンターに座っていた客や、遠くの席にいる護衛たちが異変に気づいてざわつき始めた。ラシードの隣に座っていた女性は今にも食ってかからんばかりの顔で國行を睨みつけたが、ラシードの視線が自分の方へ流れてくるや泣き出しそうな表情を作って「私、そんなことしません！」と叫んだ。見事な表情の変化だ。

ラシードは女性の方を見たきり振り返らず、どんな顔をしているのかわからない。やはり女性の言い分を信じるのか。歯痒い思いで拳を握りしめる。

騒ぎを聞きつけたのか、遅れてハーディーもやってきた。まっすぐカウンターに近づくその姿を目の端で捉え、國行は焦りを募らせる。

ハーディーと女性はグルだ。このままでは自分の意見などたやすく丸め込まれてしまう。

(なんとかして王子と秘書を引き離さないと)

秘書であるハーディーは四六時中ラシードのそばにいる。国に戻ってもそれは変わらない。自分の目の届かない場所でラシードが危険に晒されるかもしれないのだ。そうなる前に手を打たなければ。でも証拠がない。物的な証拠が何も——。

視線を揺らし、國行は大きく目を見開いた。

(——あるじゃないか)

気づいた瞬間、ラシードの手から酒の入ったグラスをひったくっていた。

勢いがつきすぎてテーブルにグラスの中身が少しこぼれた。カウンターに駆け寄るハーディーを横目で見ながら、國行はその中身を一息で飲み干した。

振り返ったラシードも、その隣の女性も、ハーディーでさえ、誰一人國行の行動を止めることはできなかった。目を見開いて國行を見るばかりだ。

國行は大きく喉を鳴らして酒を嚥下（えんか）すると、高い音を立ててグラスをカウンターに叩きつけた。

「見届けてください」

久々に真正面からラシードと目が合った。こんなときなのに見惚れるほど美しい漆黒の瞳を見据え、國行は言う。

「この酒に薬が入っていたかどうか、その目で確かめてください。即効性の毒ならすぐに結果がわかります。遅効性でも、二十四時間いただければ証明できるでしょう」

酒で濡れた口元を手の甲で拭い、國行はラシードに片手を差し出した。

「私の命と引き換えに、貴方のお時間を少し拝借できませんでしょうか」

そこだけ時間が止まったように硬直していた三人が、同時に國行の手元に視線を落とす。

それでようやく硬直が解けたのか、三人がまた一斉に顔を上げた。その中で、誰より先に行動を起こしたのはラシードだ。椅子を蹴り倒す勢いで席を立ち、國行の胸倉を摑んで怒

声を上げる。

肌が細かく震えるほどの大音量に、店内にいた客が全員振り返った。だが、國行は何を言われたのかわからない。日本語ではなかったからだ。

護衛たちも慌ててカウンターに駆け寄ってくる。隣に座っていた女性は真っ青になって椅子から降りようとしたが、護衛に止められ観念したのか、がっくりと顔を伏せて動かない。同僚たちはラシードを警護しながらも、かわるがわる國行に声をかけてきた。

「北河！　お前今、何飲んだんだ⁉」

「薬って言ってなかったか！　今すぐ吐け！」

「それより救急車の手配が先だ！」

最後に叫んだのはラシードだ。國行の胸倉を摑んだまま、額がぶつかるほど近くまで顔を近づけてさらに叫ぶ。

「どんな薬が入っているかもわからないのに飲む奴があるか！」

至近距離から睨まれているのに、怯むよりも嬉しくなってしまった。もう二度と視線も交わらぬまま別れを迎えると思っていたのに、目が合った。声も聞けた。

何よりも、ラシードを危険から守ることができた。

神妙な顔で謝罪しなければいけないところなのに、うっかり顔に笑顔が浮かぶ。

「貴方の無事が最優先です」

「な――……」

「本当に、よかった」

大きく息をついたら、ぐるりと視界が回った。膝に力が入らない。

「おい！　しっかりしろ！」

ラシードが両腕で國行を抱きとめてくれる。店内の喧騒の中、顔を寄せたラシードの肩からあの甘い匂いがした。

ホテルの部屋に焚き染められている香の匂い。ラシードの匂いだ。この匂いを嗅ぐとどうしても気が緩んでしまって、急速に悪寒と吐き気が襲ってきた。目を閉じても瞼の裏で闇が高速で回転しているようでまともに立っていられない。

だんだん意識が遠ざかる。もう自分の体が縦になっているのか横になっているのかさえわからなかったが、ラシードがしっかりと抱きしめてくれるので体から力が抜けた。吐き気を堪えて引き結んでいた唇まで一緒に開いてしまい、ぼんやりと呟く。

「……お役に、立てましたか」

ラシードは言葉もなく國行の額に掌を押しつけ、その上から唇を押し当ててくる。激情を抑え込んだような荒い息遣いが耳元を掠め、続けて押し殺した声がした。

「よくやってくれた。ありがとう。いい子だ、本当に、お前以上の護衛はいない」

頭を撫でられ、深く息をつく。

よかった、褒められた。満たされてゆるゆると意識が遠ざかる。

目も耳も遠ざかり、バーの喧騒ももう聞こえない。体の輪郭が薄れ、全身が空気に溶け出していくようだ。

頭を撫でてくれるラシードの手の温かさだけが最後のよすがだったがそれも薄れ、國行はふつりと意識を手放したのだった。


無事にラシードも守れたことだし、そのまましばらく意識を失っていられたらよかったのだが、本当の地獄はそこからだった。

救急車で病院に担ぎ込まれるや、國行は胃洗浄を受けた。

死ぬかと思った。

ラシードと一緒にいた女性が「自分は酒に何も入れていない」と言い張ったものだから、國行が摂取した薬がなんなのかわからない。事は急を要するかもしれず、喉の奥にチューブを突っ込まれ、胃に洗浄液を流し込まれて何度も吐かされた。人より苦痛には強いつもりだったが、あまりの苦しさに本気で泣いた。

処置を終える頃には精根尽きて、再び意識を失った。次に目を覚ましたのは、もうすっかり日が高くなる頃だ。

病室のベッドに横たわり、真っ白な天井を見上げて瞬きをする。地獄の責め苦は終わったか、と深く息を吐いたところで「ようやくお目覚めですか」と声がかかった。

誰もいないと思っていただけに驚いたが、体を起こすだけの余力がない。力なく首を動かして声のした方を見ると、ベッドの傍らに置かれたパイプ椅子にハーディーが腰かけていた。膝の上に仕事用と思しきファイルを広げ、何やらペンで書き込んでいる。

「ここは……」

「病院の個室です。貴方はずっと眠っていたんですよ。もう正午過ぎです」

ファイルから顔も上げず、ハーディーはうんざりしたような声で言った。周囲に視線を向けてみるが、室内には他に誰もいないようだ。

「……ラシード様は」

「王子なら朝からお一人で仕事に向かわれました。明日には帰らなければなりませんし、残りの用事はすべて終えておきたいからと」

ハーディーは溜息をつくと、勢いよくファイルを閉じて國行を睨む。

「貴方にすべての事情を話すよう王子から言いつけられております。自分の代わりに一刻も早く伝えてほしい、と。おかげで私はこんな場所で待ちぼうけです」

忌々しげに呟き、ハーディーは不遜な態度で腕を組んだ。

國行はなんとか起き上がろうとするが、頭を上げると貧血を起こしたようになってシーッに沈み込んでしまう。ハーディーが「そのままで結構です」と言ってくれたので遠慮を捨て、横たわったまま口を開いた。

「ラシード様と一緒にいた、あの女性は？」

「彼女はハサム様の愛人です」

聞き覚えのない名前だ。何者か問うつもりで視線を向ければ、「ハサム様は王子の四番目のお兄様です」と補足してくれる。

今年で五十歳になるというハサムは大の旅行好きで、世界各地に恋人がいる。いわゆる現地妻だ。ここ数日の間、ラシードが何度も会っていた女性もその一人だったらしい。

「……この先の話は、本来なら貴方のような一般人に聞かせる必要もないのですが、王子の命令とあらば仕方ありません。その代わり、決して口外はなさいませんように」

そう前置きしてから、ハーディーはハサムについて語り始めた。

王の四番目の息子であるハサムは、簡潔に言えば浪費家で女癖の悪いぼんくらであった。それでも王の息子であることには違いなく、日本で言うなら総務省の副大臣に当たるポジションについていたそうだ。

だが、春先にハサムの汚職が明るみに出た。証拠も証言も出揃ったが、本人がそれを認めない。腐っても王子だ。誰もハサムの手に縄をかけられず膠着状態が続いていたとき、ハサムの後任にラシードを推す声が国民の間から上がったそうだ。

「王がそれを宣言されたわけではありませんでしたが、国民はラシード様の副大臣就任を熱望しました。他の大臣もそれに賛成を示し、ハサム様の旗色はあっという間に悪くなったのです」

これ以上しらを切り通すことは不可能と悟ったのか、自暴自棄になったハサムはとんでもない計画を思いついた。

「自身の後任にラシード様を推す声が高まっていることを知ったハサム様は、ラシード様の暗殺計画を立てられたのです。後任者がいなくなれば、自分の任を解かれることもないのではないか、とでも考えられたのでしょう」

「そんな馬鹿な……」

「ええ、馬鹿なのです。愚鈍です。救いようのない無知蒙昧なのです」

本当に度しがたい人物だったのだろう。ハーディーの言葉には容赦がない。一方で、無知蒙昧とは難しい日本語を知っているものだ、と場違いに感心する。

「馬鹿馬鹿しい計画ですが、それを実行するのがハサム様です。計画を知った私たちは、急遽来日の時期を早めました。一刻も早く国を離れる必要がありましたから」

ハサムは周囲に対して惜しみなく金をばらまく。おかげで自国の警察の中にさえハサムの息がかかった者がいる。万が一自国でラシードが暗殺されれば、事故扱いで事実を闇に葬り去られる可能性があった。来日に際し自国のSPを使わなかったのも同じ理由だ。それで今回は日本の民間企業に護衛を依頼したらしい。

「日本に連れてくる側近たちは日本語に堪能な者を選び、来日の計画もすべて日本語でやり取りをしました。どこにハサム様から金を握らされたスパイがいるかもわかりませんから。日本語ならどれほど聞き耳を立てられてもわからないでしょう」

日本にやってきたラシードもハーディーも、それから身の回りの世話を焼く数名の側近も、揃いも揃って日本語に不自由しないのでこちらとしては大変に仕事がやりやすかったのだが、その裏にはかなり深刻な事情があったらしい。

「では、来日中に何度も王子が襲われていたのは……」

「ハサム様の差し金です。決して自分の足がつかぬよう、王子とは縁もゆかりもない日本人に大金をばらまきラシード様を襲うよう指示していました。王子を襲う前には必ず酒を飲ませるよう指示したのもハサム様ですね。あくまで酔っ払いが相手を選ばずやったことだと思わせるように」

「そこまでわかっていながら犯行を止められなかったんですか？」

思わず呟くと、ハーディーがくいっと眼鏡のブリッジを押し上げた。

「止めはしません。王子を襲うよう現地の日本人を買収してきたのは、私ですから」

「なるほ……えっ？」

声を詰まらせた國行には目もくれず、ハーディーは淡々とした口調で続ける。

「日本を発つ前、ハサム様からラシード様の暗殺計画を持ちかけられました。四六時中ラシード様のそばにいる私なら、罠を仕掛けるのもたやすいだろうと」

「だったら、黒幕は貴方だと……？」

まさか、とハーディーは鼻で笑う。

「下手に間者を飛ばされるくらいなら、私がハサム様の手駒になった方が都合がよかった。ハサム様に従ったと見せかけ、適当に日本人を買収していただけです。酔ったふりをして少し絡んでほしいと頼んだだけで、さすがに命を奪えとは命じませんでしたよ」

「ですが、ナイフを持って襲ってきた男もいたでしょう。彼らは酔っていなかった」

「あのときは、焦ったハサム様がなりふり構わず素面（しらふ）の男たちをけしかけろと命じてきたもので」

「王子に何かあったらどうするつもりだったんです」

さすがに非難めいた口調になってしまったが、ハーディーは冷静な表情を崩さない。

「貴方の勤める警備会社については事前に調べました。素人が絡んできたところで問題なく対処できるだろうと判断した結果です。それに、王子には武術の心得がありますから。酔っ払い相手なら王子自身が対処なさるでしょう。それでも万が一のことがあれば——私が肉の盾になるつもりでした」

落ち着き払った表情で言われ、返す言葉を失った。ラシードの腰巾着のように思っていたが、ハーディーも相当な覚悟で来日していたのだと思い知る。

「貴方がハサム様と結託したふりをしていることは、ラシード様も知っていたんですか」

「もちろんです。それを承知で、王子もわざと危ない目に遭うよう振る舞っていました。その様子を撮影した動画を定期的にハサム様にも送っておりましたから」

そうでもしないと本当に暗殺計画が進行しているのかハサムが疑って、自分の手駒を日本に送り込みかねない勢いだったという。血を分けた兄弟とは思えない所業だ。

「暗殺計画がことごとく失敗して業を煮やしていたハサム様に、日本にいる愛人を使ってハニートラップを仕掛けてはいかがかとそそのかしたのです。ハサム様はそれを快諾されたのですが、他の男に色目を使えと命じられた愛人は当然激怒しまして」

「……それがあの女性ですか」

「ええ。自分を道具のように扱うハサム様に愛想を尽かされたようです。ハサム様とは手を切ると言い出したので、私どもの陣営に引き入れました」

ラシードたちの目的は一つ。ハサムがラシードを暗殺しようとしている物的証拠を得ることだ。

これまでハサムはハーディーに対し「ラシードをどうにかしろ」というぼんやりとした指示しかしてこなかった。直接的に暗殺を示唆して、うっかりその声が記録として残れば殺人教唆の罪に問われる。ラシードの部下であるハーディーを全面的には信用できなかったらしく、言葉を慎重に選んでいる節があった。

しかし相手が愛人なら口も軽くなるかもしれない。そう考えたラシードたちは愛人を計画に加えた後、たびたび彼女とハサムに電話で会話をさせた。

「案の定、ハサム様は私たちが後ろで聞き耳を立てていることも知らず、愛人との電話口で『ラシードを殺せ』と口走りました。音声はきっちり録音しましたし、さすがのハサム様も言い逃れはできないでしょう」

椅子の背もたれに身を預け、肩の荷が下りたようにハーディーは溜息をつく。

「だったら、あの女性はラシード様の愛人、というわけではなく……？」

違います、とハーディーはきっぱり断言する。繁華街で女性と会っていたのは、彼女がホステスを務めるクラブがあの近くにあったからで、ホテル内では秘密裏に女性へあれこれ指示を出しながらハサムと電話をさせていたらしい。彼女が仕事を終えた後は、ラシードたちが泊まっているホテルの近くまで彼女を呼ぶこともあったそうだ。

「彼女は単なる協力者です。ハサム様の件も片がつきましたし、彼女には謝礼を渡して別れるつもりでした。ですが昨日、『謝礼など結構ですから、最後にお酒でも飲みませんか』と彼女に誘われ、バーに行ってみたらあんなことに……」

「ちなみに、彼女が酒に入れていた薬はわかったんですか？」

こうして自分が生きているところを見ると大したものではなかったのだろうが、気になって尋ねれば苦々しい顔で返された。

「バイアグラです」

「えっ」

「彼女はバーの真下の部屋を取っていました。薬を飲んだ王子が変調をきたしたら、落ち着くまで少し休んでは、などと声をかけて自分の部屋に誘い込み、既成事実でも作るつもりだったのでは？　ハサム様を裏切った彼女には新たな愛人が必要だったでしょうから」

彼女がラシードに薬を盛るなんてハーディーも予想していなかったらしい。忌々しげに呟いて、これで話は済んだとばかり椅子から腰を上げる。そのまま部屋を出ていくのかと思いきや、ドアの前で立ち止まって肩越しに國行を振り返った。

「バーで貴方のしたことは無鉄砲としか言いようがありませんが、王子を危機から救ってくださったことは、深く感謝しております」

目礼して今度こそ部屋から出ていこうとするハーディーを、國行は慌てて呼び止める。

「あの、ラシード様は俺のしたことを怒っていましたか？」

気が急(せ)いて、仕事相手だというのに一人称が砕けたものになってしまった。

ハーディーは國行を振り返り、無表情で眼鏡のブリッジを押し上げる。

「ラシード様は気性の穏やかな方です。私はあの方が激高したところを見たことがありませんでした。貴方が公園で襲われたあのときまでは」

國行はぐっと声を呑む。それほどに懐の深いラシードを、自分は本気で怒らせてしまったのだ。もう許してもらうことはできないかもしれないと俯くと、ハーディーが小さな声で呟いた。

「あの怒りが、貴方に向いていたかどうかは知りませんが……」

潜めた声は國行の耳まではっきり届かない。聞き返すつもりで顔を上げたが、ハーディーは國行から目を逸らして首を横に振る。

「詳しくはご本人にお尋ねください。『退院の手続きをしたら、ホテルの部屋で待っているように』とのことです。ちなみに、治療費はすでにこちらで支払っておきましたので」

「え、治療費なら会社が……」

「昨日は有休中だったのでしょう。入院したところで会社は面倒を見てくれませんよ」

言われてようやく、昨日の一件については労災が下りないことに気がついた。依頼人に入院費を立て替えてもらうなんて前代未聞だ。呆然としていると、ハーディーに心底呆れたような溜息をつかれてしまう。

「本当なら、貴方にはもっと早く護衛を外れてほしく思っていました。王子を王子とも思わない口の利き方をして、目に余る不敬さでしたから」

「も、申し訳ありません」

謝りつつも、國行を警護から外したかった理由はそれだけだろうかと勘繰ってしまう。

ハーディーもまたラシードに対して恋心を抱いているのでは、とその横顔を盗み見ると、意外にも眼鏡の奥の目には微かな笑みが浮かんでいた。

「まあ、王子が楽しそうにしていらっしゃったのでよしとしましょう。どうぞ最後の逢瀬を楽しんでください」

そう言い残してハーディーは部屋を出ていく。最後だなんて嫌みかと思ったが、それにしては声の調子が柔らかかった。ラシードに対して恋心を抱いていたら、あんな穏やかな顔などできないのではないか。もしやハーディーが恋敵というのは自分の勘違いだったのか。

（いやそうじゃない、問題はそっちじゃなくて――）

ラシードが部屋に来いと言ってくれた。

明日には日本を発つというのに、最後の最後で時間を空けてくれた。嬉しい、だが、勝手に警護なんてしていたことを怒られるかもしれないと思うと、怖くもある。

気がつけば小さく肩が震えていた。それが歓喜によるものか不安のせいか自分でも判断がつかず、國行は強く自身の肩を握りしめた。

五月の空は春より明るく、夏より色が薄く見える。

春とも夏とも言いがたいどっちつかずな空気はぼんやりして、空に一枚紗がかかっているようだ。ときどき吹く強い風が春の名残を吹き飛ばし、雲間から射す日差しが夏のそれに近くなる。ゆっくりと空の色が変わっていく。

ホテルの窓辺に立ち、藍から茜にグラデーションのかかる空を見上げる。視線を正面に戻すと、ガラスに自分の顔が映り込んだ。

ハーディーが帰った後、退院の手続きをしてから一度帰宅した國行は、シャワーを浴び、スーツを着替えて、ラシードの泊まるホテルまでやってきた。

フロントにはもう話が通っていて、名前を告げただけでラシードの部屋のカードキーを渡された。それを手にラシードの部屋に入り、すでに数時間が経過している。

ラシードが仕事を終えて戻ってくるのは日も沈む頃だとわかっていたのに、とても自宅で待っていられる心境ではなかった。室内に入ってからはこうして窓辺に立ち尽くしている。部屋の主人に断りもなくソファーや椅子に座っていいのかわからなかったからだ。

仕事用のスーツを着て窓辺に立つ自分の姿が窓ガラスに映る。緊張で強張った顔を見詰め、國行は小さく息を吐いた。

（……何を言われるだろう）

余計なことをして、と怒られるのか、ハーディーからされたように淡々と礼を述べられるのか。形ばかりの礼を聞かされて帰されるくらいなら、怒られたほうがずっとましだ。

そんなことを思っていたら部屋のドアが開く音がした。

どきりとして、とっさに腕時計に目を落とす。いつもラシードがホテルに戻ってくる時間よりずっと早く、まだ日が落ち切ってさえいない。

ドアとリビングをつなぐ廊下の向こうから足音が近づいてくる。國行が窓に背を向けた瞬間リビングのドアが開いて、部屋に飛び込んできたのはスーツ姿のラシードだ。

ラシードは國行の顔を見るなり、怒ったような表情でこちらに近づいてくる。まずは謝罪をしなければと口を開きかけたが、ラシードが声を上げる方が早い。

「すまなかった！」

こちらが言うべきセリフを先んじて叫ばれ、目を瞬かせたところでラシードに抱きしめられた。肩口で、ラシードが低く呻く声がする。

「私が無理を言ってお前を護衛から外したから単独で動かざるを得なかったんだな？　でなければこんなことにはならなかっただろうに」

苦しげな声音に気づき、國行は我に返って大きく首を横に振った。

「いえ、俺はただ、会社に関係なく独断で動いていただけで――」

護衛というよりストーカーに近い行動だ。むしろ責められるのはこちらではないかと思うのだが、ラシードは國行の顔を覗き込み、深く悔やんだ表情を浮かべる。

「お前を護衛から外さなければよかった。そうすれば酒に何かを入れられたと気づいたとき、すぐに他の者と連携を取って私を止めることもできたはずだ」

ラシードの手が伸びてきて、指先が頬に触れる。

「もう具合はいいのか？」

輪郭を辿るように頬を撫でられ息が震えた。ラシードがこちらを見ている。怒っていない。心配してくれている。優しい眼差しに胸が詰まって声も出ない。

黙り込む國行の手を引き、ソファーに座るようラシードが促してくる。

「まだ本調子ではないのか。ここへ来させるのではなく、私が病院へ行くべきだったな。すまん」

隣に腰を下ろしたラシードから繰り返し謝罪を受け、國行は弱々しく首を横に振った。

「こちらが勝手なことをしたのが悪いんです。貴方がナイフで襲われたときも、酒に薬を入れられたときも独断で動いてしまって……全部、こちらの落ち度です」

俯いて呟くと、横からラシードの手が伸びてきて両手で頬を挟まれた。

「馬鹿を言うな、お前になんの非がある。お前は自分の職務をまっとうしただけだ。私のような素人に叱責されるいわれがない、そうだろう？」

「で、でも、あのとき、ひどく怒って……」

半ば強引に上向かされたものの、ラシードの顔を直視することができない。公園で向けられた冷たい眼差しを思い出し、怯えたように目を伏せてしまう。それに気づいたのか、ラシードはもう一度「すまん」と繰り返した。

「依頼人の安全を確保するのがお前の仕事だ。何も間違ってはいない。だからあれは、私の我儘だ。お前を危険な目に遭わせたくなかった」

頬を包んでいたラシードの手が離れて抱き寄せられる。ふらふらとその胸に倒れ込むと、つむじに頬ずりをされた。

「叱りつけるような真似をしてすまない。心配だったんだ。お前には感謝しているし、職務をまっとうしようとする姿勢も、それをこなすだけの体術を身につけていることも尊敬する」

片腕で國行を抱き寄せ、もう一方の手でソファーに投げ出されていた國行の手を握りしめ、だがな、とラシードは眉根を寄せる。

「さすがにお前は自己犠牲が過ぎる。どうしてああも躊躇なく自分を盾にしようとするんだ？　今だって体中傷だらけで……心配だ。怪我だけはしないでくれ」

國行の手を握る指先から、こちらを案じる気持が伝わってくるようだ。怪我をしたのは國行なのに、ラシードはまるで自分自身が傷ついたような顔をする。

遠い昔、母親からも同じ顔で同じことを言われた。心配だ、怪我はしないで、と。

母の顔をきっかけに幼い頃の記憶が蘇り、思うより先に口を開いていた。

「……俺がこの仕事に就いた理由、前にお話ししましたよね」

「弟を車から庇って、ヒーローになれたと思ったからだろう？」

雨の交差点。放り出された買い物袋と、歩道に転がる弟の傘。

あの日、自分はヒーローだった。でも、もしもあと一瞬車の前に飛び出すのが遅かったらヒールになっていたかもしれない。タイミングの問題ではない。自らの意志で、國行は人としての正しい行いを捨てかけた。

「弟と俺、半分しか血がつながってないんです」

前置きもなく口にすれば、ラシードがわずかに身じろぎした。けれど余計な質問を挟むこともなく、そうか、と短く応えて先を促す。

「俺の母は、俺がまだ十歳のときに病気で亡くなりました」

その翌年、父が後妻を娶った。

だから國行には母が二人いる。怪我をするたび心配顔で手当てをしてくれた実の母と、プレゼントしたハンカチを簞笥に入れたまま、最後まで使ってくれなかった義理の母。

義母には國行より三つ年下の息子がいた。義理の弟だが、半分血がつながっている。弟の父親は、誰あろう國行の父だ。

「……だから、母が生きていた頃から、父と義母はずっと関係を持っていたんです」

亡くなった母が義母の存在を知っていたのかどうかは知らない。母はいつも穏やかに笑って、仕事が忙しくてあまり家に帰ってこない父を悪く言ったこともなかったから。

当時の國行も、親がどんな経緯で再婚をしたのかなど知る由もない。弟はすぐに國行と打ち解け、お兄ちゃん、と懐いてきた。國行もそんな弟を可愛がった。だから義母にもなんとか歩み寄ろうとしたが、義母の態度はよそよそしかった。

國行の母親が存命の頃から父と愛人関係を続けていた後ろめたさでもあったのだろうか。それを國行が知ったら、弟をいじめるかもしれないという不安もあったのかもしれない。國行が弟と一緒に遊んでいると、たまに義母が睨むような目でこちらを見ていることがあった。そういうときは大概弟だけが義母に呼ばれてどこかへ行ってしまう。

父親は相変わらず仕事が忙しく、夜が更けるまで帰ってこない。たまに帰ってくるときは真っ先に弟を抱き上げる。それは単に弟が脇目も振らず父親の足元に駆け寄っていくからで、自分は少し離れたところからそれを見ているから出遅れるに過ぎないのだが、幼い國行はそれに気づけない。

「そんな調子でずっと家の中はぎくしゃくしてたんですが、俺が身を挺して弟を庇ったのを見て、やっと義母の態度が軟化したんです」

國行は自分の息子に危害を加えない、と確信したのか、それ以降弟と一緒に遊んでいても、弟だけ義母のもとに呼ばれることはなくなった。きっとあの出来事の後にハンカチをプレゼントしていれば、弟がプレゼントした鏡と一緒にハンドバッグに入れてもらえただろうとも思う。

黙って國行の話に耳を傾けていたラシードが、そっと國行の頭に手を添えてくる。

「そんな仕打ちを受けながら弟を庇うとは、子供の頃から正義感が強かったんだな。自分を犠牲にしがちなのも、持って生まれた性分か」

褒めるように頭を撫でられ、きつく眉間に皺を寄せた。心地よいラシードの手から逃れるように小さく首を横に振る。

「違います、俺は……正義感なんかじゃない、俺は……」

横断歩道の端で怯えたように立ち尽くす弟の顔と、迫りくる車のライトを鮮烈に思い出して声が震えた。あのとき自分の胸に浮かんだ思いが生々しく蘇り、國行は片手で顔を覆う。

「——俺は弟を、見殺しにしようとしたんです」

弟に突っ込んでいく車を目にした瞬間、確かに思った。弟さえいなければ、と。

義母はきっと、自分よりも弟の方が可愛い。でも弟がいなくなれば、自分にも優しくしてくれるのではないか。父だって、弟さえいなければ真っ先に自分に声をかけてくれるようになる。

このままでは父すら弟に奪われて、自分の居場所がなくなってしまう。

そうなる前に弟がいなくなれば。弟さえいなければ——。

立ち尽くしていた國行の背中を押したのは、弟の「お兄ちゃん！」という悲鳴じみた声だった。

あの一声がなければ、きっと動けなかった。違う、動かなかった。意図して弟を見殺しにしようとした。そのことを、國行だけが知っている。

義母には感謝されたし、弟からは以前より懐かれるようになったが、胸には焼き印のような罪悪感が残った。拭っても落ちず、時が経っても消えることはない。

それ以降、國行は弟に対して義母以上に過保護になった。見殺しにしようとした事実から目を背けるように、夏休みは自分の宿題も後回しにして弟の宿題を見てやり、クラスメイトにいじめられていると相談されれば弟と登下校の時間を合わせて周囲を牽制（けんせい）した。柔道を始めたのだって、弟をいじめから守るのが目的だったくらいだ。

弟を見捨てようとした過去を塗り潰したくて、強迫観念的に「正しくある」ことを己に課した。誰かを守り、助ける仕事がしたくて警備会社に就職した。警察官を志さなかったのは、家族を見捨てようとした自分が、国家規模の正義を貫く信念を持てるか自信がなかったからだ。

弟を庇ったとき、腕と足にかすり傷を負った。そのせいか、仕事中に怪我をするとほっとした。ちゃんと自分はやっている。そこには過去の己を罰しようという気持ちも多分に含まれていたはずだ。今の今まで、自覚をすることもできなかったが。

國行は片手を顔で覆ったまま、くぐもった声で呟く。

「……正義感なんかじゃありません。ただの罪滅ぼしです」

長年、家族にも誰にも打ち明けることのできなかったことを口にして、國行はゆっくりとラシードから身を離そうとする。

こんな話をしてしまって、きっと幻滅された。押しのけられるくらいだったら自ら距離を置こうとしたが、抱き寄せられてまたラシードの胸に逆戻りする。

「深刻な顔をして何を言い出すかと思ったら、そんなことか」

あっけらかんとした口調で言われて目を瞠った。恐る恐る顔を上げれば、ラシードが悠然と笑ってこちらを見ている。

「お前のしたことなど他愛もない。私の兄を見ろ。見殺しにするどころか、積極的に私を殺しにきたぞ」

物騒な言葉に身を硬くしたが、まぎれもない事実であるだけに二の句が継げない。うろたえて視線を泳がせると、ラシードにおかしそうに笑われた。

「それに比べればお前のしたことなど可愛いものだ。罪にすらならない。実際には弟を助けているのだから」

「でも俺は、一瞬でも本気で、弟がいなければと思ってしまったんです」

家族に対してそんな感情を抱いてしまったのに、許されてもいいのか。國行はもう長いこと、その問いかけに答えを出すことができずにいる。

ラシードは目元に笑みを浮かべたまま、しっかりと國行の手を握り直した。

「お前は潔癖だな。自分の心に生じた邪な気持ちすら許せないか。他人を憎んだり、妬んだり、悪意を抱いたりすることは、そう特殊なことでもないと思うが」

「……そうでしょうか」

「むしろ一度も他人に害意を向けたことのない人間がいるなら見てみたい」

片手はつないだまま、もう一方の手でラシードは國行の背を叩く。子供を寝かしつけるようなリズムで、自然と呼吸が深くなった。

「弟に対して後ろめたい気持ちがあるのなら、年長者として弟に恥じない生き方をするしかないな」

長子の定めだ、とラシードは笑う。

「私も兄たちの背を見て育った。反面教師にした兄もいれば、人生の指針にした兄もいる。親とはまた違った視点で世界を見せてくれて、良くも悪くも学ぶところは多かった。だから お前も、弟の一歩前を歩いてやれ。後ろからついてくる弟の足元を平らかにしてやるために。お前はただ、堂々と前を向いて生きればそれでいい。十分指針たり得るだろう」

力強く断言され、國行は緩慢な瞬きを繰り返す。

「……それが、罪滅ぼしになりますか？」

「弟のあずかり知らぬ場所で自分の体を傷つけるよりは、確実になるだろうな」

ラシードの言葉には迷いがない。長年ぐずぐずと悩んでいた國行の背中を力強く押してくれる。

弟の手本になるような生き方をするのなら、闇雲に自分を犠牲にするような真似はもうできない。弟に同じことをしてほしいとは思わないからだ。

弟には自分のことを大事にしてほしい。義理の母親と馴染めずにいた國行に屈託なく笑いかけてくれた弟には、幸せになってほしいと切に思う。

「お前はもっと、弟を守れた自分を誇りに思え」

瞬きをしたら両目から涙がこぼれた。

弟を見殺しにしようとした気持ちを直視するのが怖くて、事故のあったあの日のことはなるべく思い出さないようにしてきた。

でも、結果として自分は弟を守れた。自分を「お兄ちゃん」と呼んで慕ってくれた弟を見捨てずに済んだ。優しいあの弟を助けるべく、動くことができたのだ。

そんな自分を、初めて手放しで褒めてやりたい気分になった。

頑(かたく)なだった心が十数年ぶりに柔らかくほどけた。今度の休みは弟に会いに行こう。そう思えるくらいには。

背中を叩き続けるラシードの手は心地よく、うっかりまどろんでしまいそうになったが、顎から滴った涙がラシードのジャケットに落ちるのを見て慌てて涙を拭った。

「……失礼しました。長々と私の昔話につき合っていただいて」

腑抜けた表情を改めてソファーに座り直したが、ラシードはなかなかつないだ手を離してくれない。それどころか前よりしっかりと手をつなぎ直してくる。

「一人称が『私』になると、お前は仕事用に気持ちを切り替えるわけだな？」

言われてようやく、直前までの自分の口調が乱れていたことを悟った。依頼人の前で大失態だ。どれだけ甘えた態度を取っていたのだと自己嫌悪に陥っていたら、ラシードがつまらなそうに鼻を鳴らした。

「私はうぬぼれが過ぎていたのかもしれないな」

急に話が飛んだ。喋りながら何度も手を握り直されるのでそちらに気を取られてしまって、前後の脈絡がわからなくなる。少しでも腕を引こうとすると、引き留めるように指先に力が込められた。

「我が身を盾にして他人を助けるのは弟に対する罪滅ぼしのためだろう？　なら、私を守ろうとして病院に運ばれたのも、その延長に過ぎないのだな」

「それは――」

どこかつまらなそうな顔をしたラシードに視線を逸らされ、仕事用の顔にひびが入る。まっすぐ伸ばしていた背がたわんで、気がつけば縋るようにラシードの手を握り返していた。

「違います、貴方だから、俺は……」

一人称が俺に戻ってしまった。でもラシードの視線がこちらに戻ってきたのを見たら、そんな些末なことなど気にしていられない。

「いくら自分を盾にしがちだからと言っても、なんの薬が入っているのかわからない酒を呷ったのは初めてです。でも貴方に危険な目に遭ってほしくなくて、守りたくて……」

本心を詳らかにすることは恥ずかしい。だが、ラシードが続きを待っている。視線だけで促され、じわじわと赤らんでいく顔を隠すように俯いて口を開いた。

「……貴方に、褒めてほしくて」

ラシードを守りたいと思う。それと同じくらい、褒めてほしいとも思う。

まるで子供だ。自覚して耳の端まで赤くなった。仕事用の表情はすっかり剝がれ、俯けた顔を上げることもできない。

次の瞬間、國行の手を握るラシードの指先にこれ以上ないくらい力がこもった。

獣の唸り声のような声に驚いて顔を上げると、いつの間にかラシードまで俯いて片手で顔を覆っていた。指の隙間から見え隠れする耳が赤い。見間違いかと身を乗り出せば、ラシードが勢いよく面を上げた。真正面から目を合わせたその顔は、熟れたリンゴのように真っ赤だ。

「お前は……っ、これまで出会った護衛の誰よりも強く美しいくせに、どうしてそう私の庇護欲をそそるんだ！」

「えっ、も、申し訳……っ」

急に怒鳴られてとっさに謝罪の言葉を口走ったが、最後まで言わせてもらうことはできず、身を乗り出してきたラシードに唇を奪われた。

とびかかってきたライオンに噛みつかれるような勢いで、受け止めきれず背中からソファーに倒れ込んだ。一瞬唇が離れたが、なおもラシードが追いかけてきて唇をふさがれる。

前にもラシードにキスをされたことがあったが、あのときは飼い主がペットにするような、軽く触れて終わる程度のものだった。あくまでスキンシップの延長であり、性的なものを匂わせない。

それなのに今回は違う。重なった唇は離れず、それどころか唇の隙間からラシードの舌を差し込まれ、口内を好き勝手に舐め回された。

「ん……、んっ、ぅ……」

こんな恋人同士がするようなキスをどうしてラシードが仕掛けてきたのかわからない。

わからないけれど、嬉しいと思ってしまった。形ばかりの抵抗もできず、目を閉じて陶然とキスを受け止める。舌先を強く吸い上げられると、背筋を甘い痺れが駆け上がって喉が鳴った。

いつまでもこうしていたいくらいだったが、ラシードがガバリと身を起こしてキスは途絶える。ぼんやり目を開けると、苦しげにこちらを見下ろすラシードと目が合った。

「なぜ抵抗しない」

地鳴りのように低い声で問われ、國行は何度も瞬きを繰り返す。俺は、と口にしたら声が掠れていて、唾を飲んでからもう一度口を開いた。

「……貴方が、好きなので」

身の程知らずな恋心だという自覚はあった。本当は打ち明けるつもりさえなかったが、ラシードに問われれば答えないという選択肢はない。

退けられるのも覚悟して告白したら、唐突にラシードが体の上に覆いかぶさってきた。ソファーと背中の間に腕を差し込まれ、痛いくらい強く抱きしめられる。

耳元でラシードが何か言う。が、聞き取れない。ラシードの母国語だろう。日本語が飛ぶくらい平静を失っているらしい。悪態の類をつかれているのかと思ったら、ラシードが勢いよく顔を上げた。

「結婚してくれ」

怖いくらい真剣な顔で、何を言われたのかよくわからなかった。ぽかんとして目を瞬かせると、ラシードが小さく首を横に振る。

「すまん、順番を間違えた。愛してるが先だな」

「え」

「やり直そう。愛してる、結婚してくれ。家ならもう国に用意してある」

「な、な、何を言って……⁉」

「わからん！　だがもう限界だ！」

ラシードが吠えるように叫ぶ。自分でも何を言っているのかわかっていないのなら黙った方がいいと思うのだが、ラシード自身ふつふつと湧き上がってくるものを呑み込むことができないらしい。胸の奥から直接言葉を取り出そうとでもしているかのように、ワイシャツの胸の辺りをかきむしる。

「最初は本当に、労いのつもりでお前のプレイにつき合ったんだ。我ながら酔狂なことをしている自覚はあったが、真っ向から私に盾ついてくる人間は珍しいし、興味も湧いた。だから、白状すれば半分は興味本位だった。お前のような、誰かに傅くことをよしとしない高潔な目をした男を言いなりにできたらどんな気分だろうと――」

　初めてのプレイでも思い出したのか、予想以上だった、とラシードは呻くように言う。仕事中は厳しい顔を崩さず、抜け目なく辺りに警戒を払っていた國行が、プレイ中だけはラシードの言葉に素直に従い、警戒心の欠片もない表情で膝に頭を載せてくる。まるで大きな猫だ。あるいは豹か。日中は鋭い牙と爪で周囲を威嚇するくせに、夜は喉元を撫でられて気持ちよさそうに目を細める。

　昼と夜のギャップに眩暈を起こしそうだった。仕事中は誰にも懐かず、何事にも動じない國行が、自分の前では牙どころか骨まで抜けたようにふにゃふにゃになってしまう。

優越感は次第に庇護欲に転化する。ラシードの言動に一喜一憂して、その表情をまるで隠せていない國行が可愛くて仕方ない。だからこそ、刃物を持った男の前に丸腰で飛び出していった國行を見て気が動転した。

國行は護衛だ。自分を庇おうとするのは当然なのに血の気が引いた。と同時に、國行に刃物を向けた男に対して激しい怒りも覚えた。それも腹の底が焦げつくような、かつて経験したことのない怒りだ。

触るな、それは私のものだと喉元まで出かかった。そんなことを言いかけた自分が信じられなかった。相手はただの護衛のはずなのに。

「駄目だ、私はもう、お前をただの護衛とは思えない」

依然として苦しそうな顔のまま、ラシードが國行の頰を両手で包む。

「手放したくない。国に連れて帰りたい。お前はもう私のものだ。そうだろう？」

傲慢な言葉とは裏腹に、頰に触れる指先は遠慮がちだった。こちらから一瞬も目を逸らさず、國行が頷くのを乞うような顔で待っている。

信じられない言葉の数々を理解するより先に、体が勝手に動いていた。言葉もなく頷いて、遅れてやっと声が出る。

「……貴方のものです」

答えた瞬間、ラシードの唇から大きな息が漏れた。こちらの返答を待つ間ずっと息を詰めていたんだな、と気づいた瞬間、キスで唇をふさがれる。

「ん……」

深く口づけられ、唇の隙間からラシードの舌を差し込まれた。先程のような性急さはなく、味わうようにゆったりと舌を搦め捕られる。

キスを交わしながらも、なんだかまだ目の前の現実が信じられない。本当かな、と疑う気持ちを拭いきれないうちにキスが解かれ、あ、と惜しむような声が漏れてしまった。貪欲な自分を恥じて顔を赤らめると、ラシードに優しく頬を撫でられる。

「そんな顔をしなくても、これからは私もお前のものだ。お前の望みに沿うような、お前だけの主人になりたい」

腕を取られて抱き起こされたと思ったら、床を指さされた。

「座れ」

短く命じられた瞬間、体の中心に甘い痺れが走った。まっすぐにこちらを見詰めてくるラシードから目を逸らさずソファーを降り、床に直接膝をつく。

指先の動きだけでもっと近くに来るよう命じられ、おずおずとラシードの脚の間に腰を下ろした。両手を膝に置いてラシードを見上げると、こちらを見下ろす目元に笑みが浮かんだ。

「いい子だ。膝に頭を載せなさい」

従った端からまたすぐ命じられ、度数の高い酒でも一気に呷ったように腹の底が熱くなった。ふらふらとラシードの膝に頭を預けて無防備に首裏を晒せば、愛情深い手つきで頭を撫でられる。

「何日も構ってやらずにすまなかった。随分淋しい思いをしただろう。私の言いつけを守って『待て』ができて、偉かったな」

國行はぐっと唇を噛む。そうだ、自分はずっとラシードに会いたくて、命令されたくて、でも護衛を外れろと言われたから我慢してラシードには近づかずにいた。その努力を認められたことも、自分の行動をちゃんと見ていてもらえたことも、震えるほどに嬉しい。

目元にかかる前髪を後ろにかき上げられ、ラシードの顔を仰ぎ見る。ラシードは甘やかに目を細め、身を屈めて國行の耳に声を吹き込んだ。

「だが、護衛を外れろと命じたのに無断で私の後をついて回っていたのは看過できないな」

囁く声は睦言のようで、一瞬何を言われたのかわからない。

一拍置いてからようやく己の行動を咎められていることに気づいて目を見開いた。起き上がろうとするが頭を撫でる手で止められる。耳朶にラシードの唇が触れ、吐息の混ざる声で囁かれた。

「お仕置きをしよう」

どん、と心臓が胸の内側を強く叩き、息が止まりそうになった。

背中に一瞬で汗が浮いて、ワイシャツの内側に熱がこもる。頭から手がどけられ、ゆっくりと顔を起こすとラシードに手を差し伸べられた。

震える指でその手を取り、ラシードに導かれるままベッドルームへ向かう。

リビング以外の部屋に入るのは初めてで緊張した。寝室には、一人で眠るには大きすぎるキングサイズのベッドと鏡台、窓辺に小さなテーブルと椅子が置かれている。

ラシードは寝室の入り口に國行を立たせると、ジャケットを脱いで窓辺に置かれた椅子の背にかける。続けてネクタイもほどき、流れるような淀(よど)みのない動作でテーブルの上から三十センチ四方の段ボール箱を取り上げた。

寝室に入る許可を得ていない國行は、大人しく入り口に立ってラシードの姿を目で追うばかりだ。早く何か命じてほしくて、そわそわと爪先を動かす。

ラシードは箱を手にベッドの端に腰を下ろすと、ようやく國行に目を向けた。

「國行、おいで」

待ちわびていた言葉が飛んできて、飼い主に呼ばれた犬のような俊敏さで寝室に入った。

すぐにもラシードの足元に跪(ひざまず)きたかったが、あと一歩というところで『待て』というように片手を立てられ足を止める。

「服を脱ぐのが先だ」

「は、い」

期待と興奮で口の中がからからに乾いてしまって声が掠れた。ラシードの視線を感じて肌を火照らせながらジャケットを脱ぎ、ネクタイをほどいてシャツも脱ぎ落とす。

羞恥で手元をもたつかせながらもベルトを外し、スラックスを脱いだ。靴下も脱いでしまえば、後はもう下着しか残っていない。

下着の中ではすでに自身が緩く形を変えてしまっている。さすがに躊躇したが、ラシードに「どうした？」と問われ、羞恥を振り払って下着を脱ぎ落とした。

ラシードは國行の下腹部を見て、くすりと笑う。

「まだ何もしていないぞ？」

自分ばかり興奮しているようでかぁっと顔が熱くなる。俯くと、ラシードがベッドから手を差し伸べてきた。心許ない気持ちでラシードのもとに歩み寄り、今度こそその足元に膝をついた。

「よし、いい子だ。きちんと言うことが聞けて偉いな」

ラシードが自身の膝を叩く。そこに頭を載せ、國行はうっとりと目を閉じた。一番安心できる体勢だ。頭を撫でられると、満足感で羞恥も忘れる。

「今日はお前にプレゼントがあるんだ」

ラシードは傍らに置いていた箱へ手を伸ばすと、すでに封の切られていたそれをひっくり返した。ベッドの上にばらまかれたものを目の端で捉えた國行は、何やらいかがわしいシルエットを認めて目を瞠った。

「これまではせいぜい拘束具くらいしか用意していなかったが、こういうものも必要なんじゃないか？」

そう言ってラシードが取り上げたのは、男性器を模したディルドだ。

「一通り買ってみたが、この辺りは使い方がよくわからないな。知っているか？」

続けてエネマグラをかざされ、無言で首を横に振った。なんとなくは知っているが、よく知らないから嘘ではない。ベッドの上には他にもローションやローター、アナルビーズに尿道プラグまであった。すべてネット通販で買ったらしい。

ちょっとした所作一つとっても品を感じさせるラシードが、こんな卑猥（ひわい）なものを手にしている。あまりのギャップに眩暈を起こしそうだ。

「それからこれも買っておいた」

そう言って、ラシードは赤い首輪を國行の前に差し出した。

「人間用はオーダーメイドになるらしく間に合わなかった。大型犬用だが、長さは足りるか？」

指先で首を撫でられ、自然と喉が反った。首筋に革が触れ、ひやりとした感触に肌が震える。

「先にセーフワードを確認しておこう。セーフワードは？」

プレイの前、ラシードは必ず國行にそれを確認する。それほど過激なプレイをするわけでもないし、セーフワードなんて必要ないのではないかとすら思うが、國行が答えない限りプレイは先に進まない。

「……ザクロ、で……お願いします」

いつもと同じセーフワードを口にすると、やっと行為が再開された。

日々トレーニングを欠かさないおかげで、國行の首は太く逞しい。犬の首輪で事足りるかと案じたが、杞憂だったようだ。しっとりとした革がぐるりと首を一周する。

「苦しかったら言ってくれ。これくらいだとどうだ？　さすがに緩いか？」

「もう少しきつくても、大丈夫です」

「これくらいか？」

「もう少し……」

「これは」

もっと、と言おうとしたら唇にキスをされた。

「これ以上はさすがに苦しいだろう」

そうだろうか。よくわからない。確かに息苦しいが、それは首輪のせいではなく、ラシードが甘やかすような目で自分を見詰めてくるからではないかと思う。

「このくらいでどうだ？」

何度もベルト穴の位置を確かめながら首輪をつけてもらい、無自覚に目元をほころばせていた。しっとりと首に巻きつく革の感触が心地よかったし、國行が苦痛を覚えないよう、ラシードが丁寧に長さを調節してくれたのも嬉しかったからだ。

「本当にお前は、こういうときだけは思っていることがすぐ顔に出るな」

頰を撫でられ、はい、と頷いてラシードの膝に頭を載せた。服を脱ぎ捨て、性癖も晒し、なおもこうして受け入れてもらえるのだ。今更何を隠せばいいだろう。

「こちらはどうする？　どれか使ったことはあるか？」

國行はベッドの上の玩具に目を向け、少しためらってから口を開いた。

「……ディルドなら、ＳＭクラブで一度だけ」

縛っても鞭を振っても蠟を垂らしても國行が反応しないので、業を煮やしたご主人様が自ら後ろの開発を提案してきたのだ。今にして思うとサービス精神旺盛なご主人様だった。当然、別途料金は取られたが。

「使ってみた感想はどうだった？」

「……強いて言うなら、苦しいな、と」

「苦しいだけか？」

「痛くもありましたが」

「どちらもお前の好きなものだな？」

國行はしばし沈黙した後、確かに、と頷く。でも、ＳＭクラブではなんら興奮を得られなかった。ディルドを使われたときも、肉体で感じる苦痛にもいろいろと種類があるのだな、くらいの感想しかなかったが、ラシードが相手ならどうだろう。

想像しただけで口に唾が湧いてきて、ごくりと喉を鳴らしてしまった。静かな寝室にその音はやけに大きく響いて、ラシードに肩を揺らして笑われる。

「痛くて苦しいのが好きなお前にとって仕置きになるかは疑問だが、今日はこれを使ってみよう。ベッドに上がって四つ這いになれ。後ろで手も縛るか？」

「はい……お願いします」

夢見心地で答えて言われた通りベッドで四つ這いになると、後ろからラシードがのしかかってきた。大柄な男性二人分の体重を受け、ベッドが大きく波打った。

「いきなり入れるわけにもいかないし、ローションで慣らすのが先か」

背中に胸が当たるほど体を密着させた状態で項にキスをされ、息が上がった。これまでと触れ方が違う。恋人同士の戯れのようだと思い、事実ラシードと恋仲になったのだと遅ればせながら実感して胸が熱くなった。

ラシードの唇の感触に酔ってされるがままになっていた國行だが、ラシードが躊躇なく奥まった場所に触れてきたときはさすがに驚いた。

「え、な、何を……っ」

「何、とは？　慣らすんだろう。流血沙汰はごめんだぞ」

「そ、そうですが、あの、あ、貴方が……？」

「そのつもりだが。自分で慣らすのか？　見られながら準備をすることに興奮を覚えるなら止めないが」

「いえ、そういうわけではないのですが……っ」

むしろアナルを弄られたのなんて人生で一度だけだ。自力でどうにかできる自信もなかったが、ラシードの手を煩わせるのも気が引ける。

「……抵抗とか、ないんですか」

ラシードの顔を見られぬままぼそぼそと呟くと、頰に柔らかく唇を押し当てられた。恐る恐る見上げた先では、ラシードが艶然と笑っている。

「抵抗はないな。ぜひともお前の期待に応えよう、とは思うが」

目尻にもキスをされ、そんなにも物欲しそうな表情をしていたかと慌てて顔を背けた。

「さあ、手を縛ろう。座って、後ろに腕を回せ」

耳の裏に唇を滑らせてラシードが囁く。何かを命じるその声はいつだって蜜のように甘い。腰が砕けてしまいそうだったがなんとかシーツに手をついて上体を起こし、言われた通り腰の後ろに手を回した。

背後でラシードが立ち上がる気配がする。拘束具を取りに行ったのだろう。

今日は何を使われるのだろう。手錠だろうか。革のリストバンドか。考えているうちにラシードが戻ってきて、ベッドが柔らかく波を打った。

手首にぐるりと巻きつけられたのは、金属でもなければ革でもない。縄だ。

あ、と小さな声を漏らすと、背後でラシードがひそやかに笑った。

「お前は手錠より、縄の方が好きだろう？」

恥ずかしくて項まで赤くなる。でも嬉しい。ばれているということは、ラシードがこれまでの自分の反応をちゃんと見ていてくれていたということだ。

手首に二、三回縄を巻きつけられ、固く結ばれた。いつもは手首だけで終わりなのだが、今日はさらに二の腕から胸にかけて縄を回される。

「仕事の合間に調べたが、これが本来の後ろ手縛りらしいぞ」

そんなことを言いながら、ラシードは迷いのない手つきで縄をかけていく。胸をぐるりと二周した縄が二の腕を締めつけ、拘束感が弥増（いやま）した。手首だけでなく、上半身ががっちり固められた感じがして息が浅くなる。

「このくらいのきつさで問題ないか？　難しいな。強すぎては血が滞るし、あまり緩く縛るとお前に淋しそうな顔をされてしまう」

縄の端を引っ張りながらラシードが悪戯っぽく笑う。

淋しい顔などしていただろうか。自覚がないだけにうろたえる。ラシードの前で、自分はどれほど無防備な表情を晒してきたのだろう。

ふと視線を感じて横を向くと、肩越しにラシードがこちらを見ていた。

「お前とプレイをするようになってからつくづく理解したが、奉仕するのはＤｏｍの方だな。Ｓｕｂの顔色を窺ってばかりだ」

耳朶にキスをされ、縄の端を握ったまま「もっとか？」と問われる。欲望を隠す術もなく頷けば、ぎりっと縄を引かれて唇から熱っぽい吐息が漏れた。

手錠やリストバンドより縄の方が好きなのは、こういうところだ。肌に縄をかけ、結び目を作って、鬱血しないように様子を見て、相手が苦痛を感じていないか表情まで確認しなければならない。手錠をかけるよりずっと時間も手間もかかる。

そんなふうに手をかけてもらえるのが嬉しかった。もっともっとと欲張りになってしまう。縄の端を引かれるたび、唇から短い声が漏れた。

肩甲骨の辺りで軽く結び目を作ったラシードが、いったん國行から身を離す。肩越しに振り返ると、唇に指を添えたラシードが満足そうな顔でこちらを見ていた。

「緊縛の方法を調べていたとき、華奢（きゃしゃ）な女性に縄が食い込む様は少々痛々しく見えたものだが、お前はいいな。筋肉質な体自体が美しいが、大きな背に縄がかかるとなお美しい」

無骨な自分に、美しいなんて言葉をかけてきた人は初めてだ。まさか、と思うものの、ラシードが自分の意に反することを口にするとも思えない。己の美醜になど欠片も興味のなかった國行だが、褒められて目元にジワリと熱が集まる。

「そうやって満たされた顔をされると、こちらまでたまらない気分になる。新しい扉を開いてしまった気分だ。責任を取ってくれ」

再び國行に手を伸ばしたラシードが、最後に力強く縄を縛り上げてきて小さな声が漏れた。そのまま後ろから抱きしめられ、首筋や肩に次々キスを落とされる。縄と抱擁の二重の拘束だ。息苦しいのが気持ちよくて睫毛の先を震わせていると、ラシードがゆっくりと体を前に倒してきた。國行の体も一緒に動いて、再び四つ這いの格好を取らされる。肩で上体を支えなければいけないので先程よりも息苦しい。

「辛くなったらすぐにセーフワードを使うように」

ラシードが、わざわざ目線を合わせて確認してくる。はい、と頷くと褒めるように頭を撫でられた。それだけでもうなんだって耐えられるような気分になってしまう。

ローションの蓋を開けたラシードが、國行の腰を摑む。ローションをまとった指が奥まった場所に触れ、肩甲骨が内側に寄った。窄まりに指を這わされているだけなので痛くもなんともないのだが、ラシードが嫌がりもせずそんな場所に触れてくれることに胸がいっぱいになった。

「あ……あ、ぁ……っ」

ゆっくりと指が入って切れ切れの声が漏れた。ラシードが身を乗り出してきて、背中に広い胸が当たる。

「痛むか？」

國行は無言で首を横に振った。ディルドを入れられた経験もあるのだから指くらい問題はない——と思っていたのだが、ラシードの指を含まされていると思うと、たかが一本でも腰の奥に妙な疼きが走った。

長い指がずるずると奥まで入ってきて息を詰める。たっぷりとローションを使っているので痛みはない。息苦しさは感じるものの、それが体の内側を拓かれているせいか、上半身を縄で拘束されているせいか、はたまたラシードに蹂躙されて興奮しているせいかの判断がつかない。

抜き差しを繰り返され、シーツに横顔を押しつけて息を弾ませていると、薄く汗をかいた肩にキスをされた。

「上手に呑み込めているな。いい子だ」

褒められて、背筋にぞくぞくと震えが走った。無自覚にラシードの指を締めつけてしまい、内側で感じる硬さにまた肌が震え上がる。

「もう一本入れてみよう。少し苦しいかもしれないが、仕置きだからな」

「う……は、はい……っ」

仕置きにしては優しい手つきで國行の頭を撫で、ラシードが窄まりにもう一本指を添えてくる。引きつれるような痛みを覚えたが、腹の底からせり上がってくる熱にすぐ溶かされた。指を抜き差しされるたびに上がる粘着質な音が耳を打ち、恥ずかしいのに興奮する。ゆったりとした動きがもどかしいくらいだ。

「お前の仕事は理解しているが、あまり無茶なことはしないように。わかったか？」

背中にかかった縄をよけながらラシードが肩甲骨にキスを落としてきて、大げさなくらい肩が跳ねた。内側に埋められたラシードの指を何度も締めつけ、へその裏を引っ掻かれるようなもどかしい刺激にひっきりなしに声が上がった。

「あ、あ……っ、あぁ……っ」

「私の国に連れ帰った後も、お前を籠の鳥にはしたくないからな。警護の仕事を続けるなら、怪我などしないよう重々気をつけてくれ。得体の知れないものも二度と口に含むな。……返事は？」

「は……っ、はい……っ」

よろしい、と満足そうに呟いて、ラシードが肩甲骨に軽く歯を立てる。硬い歯の感触は鞭で打たれるよりずっと鮮烈で体が跳ねた。

「もう一本、受け入れられたら仕置きは終わりだ。いけそうか？」

肩甲骨に唇をつけたまま喋られて、背中が波打つように震えた。唇を噛んで何度も頷けば、肌に痕を残すように同じ場所を強く吸い上げられた。

「あ……あ、ぁ……っ」

ローションをつぎ足し、三本目の指が入ってくる。さすがに痛い。けれど喉をついて出るのは自分のものとも思えない甘ったれた声ばかりだ。

三本受け入れられたら仕置きは終わりだとラシードは言った。耐えればまた褒めてもらえると思えば、苦しさよりも期待の方が大きく膨らんだ。

「思ったよりも柔らかいな」

内側を傷つけないよう慎重に指を動かしながらラシードが呟く。

それは体に力が入らないからだ、と伝えたいがもはや言葉にならない。普段から寝室でも香を焚いているのか室内には甘い香りが漂っていて、國行にとってはプレイの記憶と深く結びついたこの匂いを嗅ぐだけで体から余計な力が抜けてしまう。

じっくりと時間をかけ、三本の指をつけ根まで埋めたラシードが低く笑った。

「お前も随分と気持ちよさそうだし、これだけでは仕置きにならないかもしれないな?」

それまで國行の腰を摑んでいた手が動いて腹部に触れる。熱い掌の感触に息を吞んだ直後、その下の屹立に指先が絡んだ。そこはすっかり硬く反り返り、先端からたらたらと先走りが垂れている状態だ。ラシードの手で軽く扱かれただけで腰の奥から背骨を伝って、後頭部まで突き抜けるような快感が一気に走り抜ける。

「ひっ、あ、あぁ……っ！　や、や……っ、あぁ……っ！」

予期せぬ刺激に動転して大きく身をよじると、二の腕と手首にきつく縄が食い込んだ。素肌に縄が擦れて痛い。苦しい。でもラシードに前を扱かれると気持ちがいい。体の奥深くまで呑み込んだ指をきつく締めつけ、悲鳴のような声を上げる。

「ま、待って、待ってください……！　あ、あっ……！」

「待つのは構わないが、やめはしないぞ？」

屹立を扱く手を止め、先端に指を這わせながらラシードが笑う。

「本当にやめてほしければ、セーフワードを使ってくれ」

先走りで濡れた指でくびれを撫でられて腰が揺れた。今にも達してしまいそうで待ったをかけたが、セーフワードを使えばプレイが終わってしまう。それは嫌だ。唇を震わせ、肩越しにラシードを振り返る。

「このままいけたら、今度こそ仕置きは終わりだ」

そそのかすように囁かれ、指先で裏筋を撫で下ろされて腰が震えた。國行は涙目でラシードを見上げたもののセーフワードは口にせず、代わりに唇を噛んだ。

無言の了承と受け取ったのだろう。目を細めたラシードが再び屹立をこすり上げてきた。

「ん、ん……っ、う、は……っ、あ、あぅ……っ！」

後ろに含まされた指まで抜き差しされて、腰の奥が熱くてドロドロと溶けてしまいそうだ。不随意に体が跳ねて、そのたびに縄で肌が擦れる。

それだけではない。今になって首輪が喉を圧迫してきた。首元に力を入れると首周りの筋肉がわずかに膨らむのか、革のベルトが喉に食い込んで苦しい。ラシードにつけてもらったときは随分と余裕があるように感じたのに。

痛い。苦しい。でも、気持ちがいい。

前を扱くラシードの手に力がこもって、高まる射精感に抗えない。

「あっ、あ、もう、も……っ、いく、いきます……っ！」

だから離して、と言おうとしたのか、もっとして、と言いたかったのか、混然として自分でもよくわからない。ラシードの手が止まることはなく、國行は大きく身を震わせてその手の中に精を放った。

「……っ、ぁ……は……っ」

喉元に首輪が食い込んで息が吸えない。目がくらんだように視界が真っ白になって、耳まで遠くなった。こんなに深い絶頂は初めてだ。脱力してベッドに沈み込みそうになったところを、後ろからラシードに抱き止められた。

「よしよし、上手にいけたな。よく頑張った、偉いぞ」

背中からラシードの胸に凭れるような格好で強く抱きしめられ、全身にさざ波のような快感が走った。後ろから顔を覗き込まれてキスをされる。その合間にまた「いい子だ」と褒められて、嬉しさに心臓が締めつけられた。

褒められるのは何よりのご褒美だ。キスも、恋人になったのだと実感できてたまらなく嬉しい。両方もらえると多幸感で溺れそうになる。

しばらくはラシードの腕の中でうっとりと余韻に浸っていた國行だが、だんだんと息が整い、汗ばんだ肌が冷えてくると、今度は一抹の淋しさが胸に忍び寄ってきた。

（……今日も、これで終わりなんだろうか）

プレイはいつも國行が達した時点で終了だ。ラシードが自らの欲望をぶつけてきたことは一度もない。そのたびに、ラシード自身はこの行為に興奮を覚えているわけではないのだな、と実感して物悲しい気分になった。

「さあ、仕置きはお終いだ。最後まで耐えられて偉かったな。ここからはお前の好きなことをしよう。何がいい？　新しい玩具もあるぞ」

頬にキスを落とされた國行はしばし黙り込み、小さな声でぽつりと言った。

「……貴方に、抱いてほしいです」

ベッドの上にばらまかれたディルドやローターではなく、ラシード自身に抱いてほしい。達したばかりで気が緩んでいたのかもしれない。包み隠さず本心を告げると、それまで國行の顔中にキスを落としていたラシードの動きが止まった。

突如訪れた沈黙で我に返り、さっと体から血の気が引く。

我儘が過ぎたか。言わなければよかった、と後悔して俯くと、後ろから抱きしめてくる腕に力がこもった。

「抱いてほしいのか？　私に？」

声は静かで感情が読み取りにくい。呆れているのか怒っているのかわからなかったが、一度言葉にしてしまったからには後に引けず、わずかに顎を引いて頷いた。

「貴方にこういう趣味がないことも、俺につき合ってくれていることも、理解してます。興奮なんてするわけもないこともわかってるんです。でも、俺一人だけ高められて終わってしまうのは、淋しい、ので……」

口でもなんでも使って奉仕させてほしい、と言おうとしたそのとき、腰に両腕を回されて力強く引き寄せられた。互いの体が密着してどきりとした直後、腰に何か硬いものが当たって目を瞬かせる。恐る恐る振り返ると、國行の肩に顎を載せたラシードにゆるりと目を細められた。

「恋人が可愛く乱れる姿を見て、興奮しないわけがないだろう？」

「こ……っ」

改めて言葉にされて感動した。と同時に、腰に押しつけられているものがラシードの昂りだと理解して目を見開く。

「え……で、でも、今までは、一度も……」

「服で隠れて見えなかっただけだろう。これまでのプレイ中もずっとこんな調子だったぞ?」

ラシードはいつも丈の長い民族衣装を着ているので下半身が見えないとは思っていたが、毎度涼しい顔をしていたのでまさかこんな状態になっているとは思わなかった。

硬くなったものを腰に押しつけられ、かぁっと顔を赤くする。

「だ……ったら、そんな、玩具ではなくて……貴方に、してほしい、です……」

期待で声が震えてしまう。両腕は使えないので、身をよじってラシードの顎先にキスをした。ラシードは機嫌よく笑って國行のキスを受け止め、お返しのように熱烈なキスをして國行をベッドに押し倒す。

このまま貫かれるのかと息を荒らげたが、ラシードは國行に後ろを向かせると上半身を拘束する縄をほどき始めた。

「……外してしまうんですか?」

名残惜しさも隠せず尋ねると、宥めるように肩を撫でられた。

「あまり長い時間このままでいると、血が滞る」

「まだ大丈夫です……」

無理を承知で引き留めてみるが、縄をほどくラシードの手は止まらない。胸から二の腕にかけて回された縄が解かれ、あっという間に手首を拘束する縄も緩んでシーツに落とされた。

若干関節が軋む気もするが、痺れや痛みの類はない。手首にも微かに赤い痕が残っているくらいで、明日の朝には消えてしまうだろう。手首の痕を惜しんでいたら、横からラシードに手を取られた。

「お前を抱くのに夢中で、うっかり縄を解くタイミングを見失っては大変だ」

抱いてくれるのか、と思ったら、縄への執着など吹き飛んだ。表情も目に見えて変わってしまったらしく、ラシードが声を立てて笑う。

「わかりやすいな、本当に。ご期待に沿えるよう努力しよう」

今度こそベッドへ押し倒され、のしかかってくるラシードの顔で視界が埋め尽くされる。長い睫毛、高い鼻、形のいい唇。飾っておきたいくらい綺麗な顔に目を奪われていたら、唇ごと食べるようなキスをされた。唇の間から漏れる息があっという間に熱くなる。

「ん……ん、ぅ……っ」

深く絡ませた舌を噛まれて爪先が跳ねる。ラシードの手が胸を這い、指先が胸の尖りを掠めた。親指で軽く押し潰すようにして捏ねられると、あっという間に下腹部に熱が溜まってしまう。

「ま……っ、て……もう……！」

前戯は十分だから早く抱いてくれ、と言いたいのに、指先で胸の突起をきゅぅっと摘ままれると言葉尻が甘く崩れてしまう。痛いのに、腰の奥が痺れるようだ。

「どこもかしこも、いじめがいのある体だな」

「……そ、それより、は、早く……っ」

焦れて涙目になって訴えると、苦笑を浮かべたラシードがようやく服を脱ぎ始めた。ワイシャツの下から現れた体には綺麗に筋肉が乗っている。

思えばラシードの肌を見るのは初めてだ。顔だけではなく体まで美しいのだな、などと見惚れていた國行だが、ラシードがスラックスと下着を一緒に脱ぎ落としたのを見てとっさに目を逸らしてしまった。ちらりと見えた下腹部が、すでに臨戦態勢だったからだ。

「どうした、何を今更恥ずかしがる」

全裸になったラシードが覆いかぶさってきて、國行は目を泳がせた。

「あの、お……思いのほか、興奮しているようで、驚いて……」

「聖人でもあるまいし、この状況で興奮するなという方が難しいな」

膝の内側に手をかけられ、ゆっくりと脚を開かされて喉が鳴る。抗わず膝を緩め、赤くなった顔を片手で隠してラシードを見上げた。

「……だったら、どうして今まで、一度もしてくれなかったんですか？」

少し拗ねたような声を出してしまったせいか、ラシードが機嫌を取るように頬や目尻に唇を落としてきた。

「お前の気持ちがわからなかったからな。自分の欲望を押しつけるのは気が引けた」

「俺の……？」

「これでも迷ったんだぞ。プレイと称して抱いてしまおうかと思ったことも一度ではないからな。だが」

頬に触れた唇が耳まで滑り落ち、耳朶に軽く歯を立てられる。

「プレイ中、お前はいつもとろとろになってしまうが、単にプレイが好きなのか、それとも私が好きなのか、確信が持てなかった」

「そ……そんなことを、気にして……？」

國行がラシードに対する恋心を自覚したのは何度目のプレイを終えた後だろう。覚えていないが、初っ端から手籠めにされてもきっと抵抗などしなかったのに。

迷ってから、國行はそろりと腕を伸ばしてラシードの首に絡ませる。

「……言い忘れていましたが俺は、貴方以外のプレイで満足したこと、ないんです」

「ほう、それは光栄だ」

リップサービスだとでも思ったのか肩を竦めたラシードに、本当です、と繰り返す。

「プレイ中に勃ったこともないですし……」

「ん？　だが、私と初めてプレイをしたときは――」

「だから」と國行はラシードの言葉を遮った。

「貴方だけなんです、貴方じゃないと駄目なんです」

声に力を込めて言う。最初からそうだった。ラシードでなければどんな拘束も打擲も苦痛以外の意味をなさない。

「他の誰かの前で、あんな……骨を抜かれたような状態になったのも初めてで……」

恥を忍んで打ち明けると、ようやく本心からの言葉だと伝わったのかラシードの顔つきが変わった。國行に顔を近づけ、そうか、と呟く。

「こんなふうにぐずぐずになってしまうお前を知っているのは、私だけか」

「そ……う、です」

「そうか」

唇にラシードの吐息が触れ、強めに唇を嚙まれた。痛い。でも、これまで見たこともないようなぎらぎらした目でラシードに見詰められると、蜜が滴るような声しか出ない。

「過去のお前の主人に嫉妬する必要がなくなったのは、朗報だな」

満足そうな顔で嚙みついた場所を舐めてくるラシードを見上げ、國行は熱っぽい溜息をついた。わかりやすい独占欲を向けられ、歓喜で胸が爆ぜてしまいそうだ。

待ちきれずラシードの首を抱き寄せる。ラシードもようやく國行の脚を抱え、窄まりに切っ先を押しつけてきた。ぐっと圧がかかって喉が仰け反る。

「あ、あ……っ、あぁ——……っ」

仕事柄、痛みには耐性がある方だ。ＳＭクラブでディルドを使われたときは、狭い場所を押し開かれる痛みに低く呻いて終わりだった。

それなのに、相手が生身の人間だとこうも感じ方が違うのか。

「あ、あぁ……っ、や、あ……」

「セーフワードならいつでも使っていいんだぞ……？」

乱れた息の下から囁かれ、とっさに首を横に振る。

体の内側、柔らかく蕩けた場所を、硬い屹立でゆっくりと押し開かれる感触に肌が粟立った。痛い。苦しい。でももっと欲しい。より鮮烈な刺激を求めて内側が痙攣する。

「あ、う……っ、んんっ！」

勢いをつけて奥まで突き上げられ、喉の奥で声を押し殺した。

固くつぶっていた目を開けると、視界がひどく歪んでいた。瞬きを待たず目の端から涙がこぼれる。おかげで少し鮮明になった視界の中、ラシードが肩で息をしているのが見えた。額に薄く汗を浮かべ、國行の涙に気づいたのか目尻に唇を押し当ててくる。

「すまん、痛んだか」

ラシードを受け入れた状態で囁かれると、体の内側にまで低い声が響くようだ。声も出せずに震えていると、涙で濡れた頬に何度もキスを落とされた。

「頑張ったな、なんていい子だ」

褒められて、ラシードを受け入れた部分が熱くうねった。嬉しくて、気持ちがよくて、言葉を発することができない。

ひくひくと瞼を震わせる國行を見て、ラシードも國行の反応を正しく理解したらしい。確かめるようにゆったりと腰を揺すってくる。

「ひ、ぅ……っ、あ、あぁ……っ！」

蕩けた肉を硬い切っ先でこすられて、愉悦を孕んだ声を隠せない。

ディルドのときはこんなふうにならなかったのに。口元に手を当て声を殺そうとしたら、その手を取られてシーツに縫いつけられた。

「あっ、あっ、やぁ……っ」

「セーフワードを使うほど嫌ではないんだろう？」

ゆるゆると腰を揺らしながら、ラシードが薄く笑う。

「これまで他の誰かに抱かれたことは？」

「な、い……っ、ないです……！」

こんなに感じ入ってしまっては信じてもらえないかもしれないが、事実は事実だ。涙交じりの声で必死に訴える。

疑われることも覚悟したが、予想に反してラシードは嬉しげに目元をほころばせた。

「初めてで気持ちよくなれるなんて凄いじゃないか」

思いがけず褒められて爪先が跳ねる。信じてくれるのか、と目を瞠ると、國行の胸の内を読んだかのようにラシードは言った。

「お前は私に嘘をつかないだろう？」

自信に満ち満ちた笑顔を向けられ、ああ、と喉の奥から声が漏れた。

國行はもう随分前からラシードの命令に抗えないし、嘘もつけない。ラシードはちゃんとそれを見抜いている。理解されている、という安心感に体の芯を摑まれて、國行の身はますます柔らかくほどけていく。

「あっ、ん、んん……っ」

揺さぶられ、突き上げられて、唇から漏れる声がどんどん甘くなった。ラシードが見ていてくれると思えばどんな自分を晒すことだって怖くない。脚を抱え直され、突き上げられる角度が変わって、國行はあられもない声を上げた。

「ひっ、あっ、いい、そこ……っ！」

「ん？　ここか？」

「あっ、あぁっ、いいっ、あぁ……っ」

「もう好きなところがあるのか。素晴らしいな」

汗で濡れた前髪をかき上げ、ラシードは機嫌よく笑って國行を揺さぶってくる。きっと自分は快感が過ぎて見苦しい顔をしているだろうと思うのに、お構いなしで國行の顔中にキスをして、可愛い、と心底愛おしげな目をして笑う。

熱っぽい目で見詰められると頭のねじが緩んでいく一方で、もう明確な文章を頭の中で組み立てることすらできない。嬉しい、気持ちいい、好き、とその程度の単語が浮かんでは消えていくばかりだ。

「あ、あっ、それ、それ……っ」

「奥も好きか？　もっと？」

頷く前にがっしりと腰を摑まれ、先端で奥を叩かれる。

脳髄に痺れが走るような快感に、息を詰めて身を仰け反らせた。ラシードは目元に笑みを浮かべているくせに、その腰使いは容赦がない。快感と苦痛が紙一重の強すぎる刺激に目の前でちかちかと閃光が瞬く。怖いぐらいのそれに暴れそうになると、ラシードが両腕で強く國行を抱きすくめてきた。

「あっ、ん、んん……っ！」

きつく抱きしめられ、唇もキスでふさがれて身動きが取れない。縄で縛り上げられたときに似た興奮と、安心感と、それらすべてを薙ぎ払う凶暴なくらいの快感に貫かれる。痛いくらい強く舌を吸い上げられ、甘く嚙まれて呼吸を忘れてしまいそうだ。

「國行、息をしろ」

「……っ、ぅ……、は……っ、はぁ……っ」

「そうだ、いい子だな」

褒められれば何度でも嬉しくなって、國行は汗や涙でぐしゃぐしゃになった顔にとろりとした笑みを浮かべる。相変わらず頭の中には嬉しいと気持ちいいと好きという単語しかないので、一番強く胸に浮かんだ言葉を口にした。

「あ、あ……っ、好き……好き」

たった二文字の短い言葉には、でも強烈な感情が込められている。

ラシードはしばし國行の顔を凝視した後、肺に残っていた空気をすべて吐き尽くすような溜息をついた。

「――……お前はたまらないな」

低い声が耳の奥を震わせたと思ったら、体ごとぶつけるように突き上げられた。熱く潤んだ内側を容赦なく抉られ、突き上げられる唇から甘い悲鳴がほとばしりかけたが、それすらも余さずラシードのキスに呑み込まれて声にならない。

「ん、んっ、ぅ」

抱きしめてくる腕が痛い。息を奪うキスが苦しい。突き上げが激しすぎて、体の奥まで押し開かれそうで怖い。でもそれが気持ちいい。やめてほしくなくてラシードの背中を強く抱き寄せる。

噛みつくようなキスと、骨が軋むほどの抱擁。互いの腹の間で屹立が擦れて、もうずっと前から先走りが止まらない。自分でもついさっき知ったばかりの弱い場所を執拗なくらい突き上げられて、全身が痙攣するように震え上がる。

「んん、ん――……っ！」

駆け上がってきた絶頂感に逆らえず、國行は全身の筋肉を引き絞って吐精する。互いの唇がずれ、ラシードも勢いよく息を吐いた。

「……っ、は……っ」

ラシードの体がぶるりと震え、汗ばんだ肩が上下する。のしかかってくる体が重みを増して、それがひどく心地いい。ふぅっと意識が薄れそうになったが必死で耐えていると、ラシードが顔を上げた。今にも瞼が落ちそうな國行に気づいたのか、目尻を下げて國行の瞼にキスをしてくる。

「疲れたろう、このまま眠っていいぞ。無理をするな。ほら」

ラシードを差し置いて眠るわけにはいかないと思ったが、瞼を掌で覆われたらもう駄目だった。硬い掌の感触に安堵して、今度こそ意識が遠ざかる。

「本当に、可愛いばかりだ」

機嫌のよさそうな声が耳に届き、それを最後に國行の意識はふつりと途切れた。

小学校の頃、プールの授業が好きだった。

二時間続きの授業を終え、髪を濡らしたまま教室に戻る。机に座ると体が重くて、耳に水が詰まったわけでもないのに授業の声が遠くなる。窓から吹き込む風に塩素の匂いが混じって、とろとろと瞼が重い。閉じた瞼に日差しが当たり、あれほど気持ちのいい午睡を他に知らない。

まるであの、プールの後のうたた寝のようだ。心地いい疲労感に全身を包まれ、体が柔らかくシーツに沈んでいく。そのまま深い眠りに落ちかけたが、顎を撫でられるこそばゆさに意識が浮上した。

指先が喉元に移動してくすぐったい。でも嫌な気分ではない。無自覚に喉を反らすと、すっと首元を涼しい風が撫でた。呼吸が楽になる。一方で、首元を守っていたものがなくなったようで心許ない。

首の後ろを何かが擦り抜けていく感触で完全に覚醒した。目を開けた瞬間、視界を過ったのは赤い革の首輪だ。あれは、ラシードが自分につけてくれた――。

思った瞬間、起きがけとは思えぬ俊敏さで首輪を奪い返していた。首輪を取り上げようとしていた何者かに鋭い視線を向け、あっと目を見開く。首輪を摑んだ格好のまま手を止めていたのは、ラシードだ。

「しっ、失礼しました！」

腕を伸ばし、慌ててラシードの手に首輪を返して辺りに視線を走らせる。

寝起きで混乱してしまったが、ここはホテルの寝室で、ベッドの上で、自分はどうやら全裸で布団の中にいるようだ。隣にいるラシードは上体を起こしているが、おそらくこちらも全裸だろう。窓の外はすでに暗いが、まだ宵の口といったところか。

意識を失う前の記憶も同時に蘇り、行為の後に気を失った自分をラシードがベッドに入れてくれたのだろうと理解した。とっさの状況でも可能な限り正しく自分の置かれた状態を摑もうとしてしまうのは、もう職業病のようなものだ。

ラシードはきっと、寝苦しいだろうと國行から首輪を外してくれただけだ。それなのに寝ぼけて敵意も露わに首輪を奪い返そうとしてしまった。

青ざめる國行を眺め、ラシードはおかしそうにくつくつと喉で笑う。

「そんなにこの首輪が気に入ったか。悪かったな、勝手に取ってしまって」

「いえ、そんな、滅相もない……」

「お望みとあらば、もう一度つけてやるぞ」

「いえ、いえ、いえ……」

そんなことをされたら意識を失う直前まで続けていたプレイの内容が生々しく蘇ってしまいそうだ。慌てて顔を背けると、遠慮なく声を立てて笑われた。

「子供のような顔で眠っているかと思ったら、凛々しい顔になったり、青くなったり赤くなったり、忙しいな」

首輪を枕元に置き「これはまた明日な」と言ってラシードも布団に入ってくる。また明日もつけてくれるのか、と嬉しくなったが、明日はラシードが帰国する日だ。

嫌だな、と思った。嫌がったところでどうにもならないのに表情が強張ってしまうのは止められず、もそもそと布団に潜り込んで顔を隠す。

思いがけずラシードと想いが通じ合った直後だからこそ、別れるのが辛かった。國行を国に連れて帰りたい、とラシードは言ったが、昨日の今日で実行できるわけもない。物理的に距離が離れてしまえば、いつまで本気でいてくれるかもわからない。

後ろ向きな思考に陥りかけたところで、布団の上からラシードに抱き寄せられた。

「帰国の前に、改めてお前に言っておかなければいけないことがあるんだが」

「は、はい」

さすがに緊張して声が震えた。睦言の告白を真に受けるな、などと言われたら立ち直る自信がなかったが、降ってきたのは予想と違う言葉だ。

「私と結婚してほしい」

沈黙の後、國行は勢いよく布団から顔を出す。布団の外ではラシードが真剣な顔で待ち構えていて、國行の乱れた前髪を後ろに撫でつけながら口を開いた。

「何度でも言うが、私は本気だ。明日はいったん国に戻るが、兄の問題を片づけたらまたすぐこちらへ戻ってくる。それまでに、私についてくる準備をしておいてほしい」

驚いて口も利けずにいると、それを躊躇しているとでも勘違いしたのかラシードがさらに言葉を重ねてきた。

「今の仕事に愛着があるのなら、お前の会社の海外支店を我が国に作ろう。そこに異動する形ならどうだ？　私専属の護衛として働いてくれ。家族を置いていくのが心配なら親兄弟も呼び寄せて構わない。一生不自由しない生活を約束する」

「……い、いえ、そんな、そこまでしていただかなくても」

ラシードの勢いに呑まれてまったく口を挟めずにいたが、我に返って大きく首を横に振る。仕事にそこまでの愛着はないし、家族だって年末年始に顔を会わせるくらいだ。ラシードがどこまで本気か知らないが、こちらに断る理由などない。

「お……俺でよければ、喜んで」

「そうか！　ではすぐに迎えに来る。パスポートだけ用意して待っていてくれ。他に必要なものはすべてこちらで手配しよう」

「あの、ですが、ラシード様の国で同性婚は、認められて……？」

「認められていないな」

あっさりと言い渡されて唖然とする。ならばどういうつもりで結婚などと口走ったのだろうと思っていたらラシードに両手を取られた。

「何十年かかるかわからないが、死ぬまでに必ず我が国の法を整備して、同性婚を実現させる。それまで私のそばで待っていてくれるか?」

法改正なんて国ぐるみの話題が飛び出して絶句したが、ラシードはどこまでも真面目な顔だ。そこまでして口説いてくれるのかと思ったら、嬉しいよりも呆れてしまった。

(でも多分、本気なんだろう)

ラシードの顔に冗談めいたところは少しもない。國行の手を強く握りしめて返答を待っている。そんな姿を見ていたら、なんだかたまらない気持ちになった。驚きや嬉しさや、一摑みではすくい上げられそうもないくらいたくさんの感情が混ざり合い、最終的に胸の奥から笑いが込み上げてくる。

正式な夫婦にならなくても、恋人同士だというだけでも十分嬉しいのに。出会って間もない自分のために自国の法整備までしようなんて。さすが王族、スケールが違う。一方で、誠実な人だとも思う。愛おしくて仕方ない。

そこまでの覚悟を持って挑んでくれるなら、自分も同じ熱量で応えよう。表情を改め、ラシードの手を握り返した。

「だったら俺は貴方の国の国籍を取って、貴方の護衛をしながらその瞬間を待ちます」

「そうしてくれるか」

ラシードを真似て無謀なことを言ったつもりだったのだが、止められる素振りもないのでまた笑ってしまった。

「今日はよく笑うな？」

いささか驚いたような顔をするラシードの胸に飛び込み、そうですね、と頷く。

「死ぬまでに法整備が間に合わなかったらどうします？」

國行にとってはおとぎ話ぐらい現実味のない話だが、副大臣就任も目前のラシードには実現可能な未来の話なのだろう。そうだな、と考え込む表情は真剣だ。

「そのときは生涯独身で過ごすことになるな。正式な婚姻関係は結べなくとも、お前がそばにいることは絶対だが」

本気ですか？　と尋ねれば、もちろん本気だ、と当然の顔で返されるのだろう。夢の続きでも見ている気分で、國行はラシードの言葉に耳を傾ける。

「生涯にわたって取り組むべき課題ができた。一つは女性の就業問題で、もう一つは同性婚だ。どちらも我が国で解決策を模索しようとすれば、だいぶ私への風当たりが強くなるだろう。国内の過激派に目をつけられるかもしれん。お前がしっかり守ってくれ」

何気なく口にされた言葉に、國行の顔からさっと笑みが引いた。

守ってくれ、なんて、護衛である國行の技量を認めていなければ出てこない言葉だ。信頼されていると思うとふつふつと血がたぎってきて、國行は射るような目でラシードを見返した。

「もちろん、お任せください」

声も視線もぎらぎらしてしまう。やる気ばかり先走って今にもどこかへ走り出してしまいそうになっていたら、ラシードに両手で頬を包まれた。そのまま額にキスをされ、凛々しく引き締まっていた國行の表情が一変する。

「本当にお前は強くて美しくて——私の前でだけは可愛い男だな」

國行の額に唇を寄せたラシードは、キス一つで真っ赤になって眉を下げてしまった國行を見下ろし、心底愛おしそうに微笑んだ。

あとがき

あとがきにてこずっている海野です、こんにちは。

ということで今回はＤｏｍ／Ｓｕｂユニバースものでしたがいかがでしたでしょうか。――えっ、Ｄｏｍ／Ｓｕｂユニバースの話だったっけ⁉　と思われた貴方。そうです、本文中では一言もそんなこと言ってませんね！　しかし実はそういうつもりで書いていたのです！（と断言していいものか迷って全然あとがきが進みませんでした）

数か月前、打ち合わせ中にＤｏｍ／Ｓｕｂユニバースの話が飛び出したはいいものの、当節まだこのジャンルの小説はほとんど刊行されておらず。目新しい上にあれこれ独自の設定も多いので、初見の方には敬遠されてしまうかもしれない。どうしたものかと悩んだ結果、ならばいっそ作中でＤｏｍ／Ｓｕｂユニバースと言明しなければいいのでは？　という結論に至って今回のお話が完成いたしました。

そんなわけで本来出てくるはずの専門用語は一切なし。ダイナミクスとか抑制剤もなく、Ｄｏｍ／Ｓｕｂユニバースをまったく知らない皆様にはソフトＳＭものとして読んでいただけるのではと思っております。

逆に「Ｄｏｍ／Ｓｕｂユニバースってちょっと気になるけど、設定とか複雑そうで手に取りにくいな……」と足踏みされている皆様には、専門用語を省いたら大体こんな感じ、というのが伝わりましたら幸いです。ＳＭ趣味との最大の違いは、ＤｏｍやＳｕｂにとってプレイは単なる趣味嗜好ではなく、定期的にプレイしないと心身ともに不具合が出てくる、ということでしょうか。もしご興味をお持ちいただけましたら、本格的なＤｏｍ／Ｓｕｂユニバースもぜひ手に取っていただければと思います！

イラストはＣｉｅｌ先生に担当していただきました。攻の王子は想像通りの美丈夫で素晴らしく、受も凛々しい男前に描いていただけて大変嬉しいです！　今回も素敵なイラストをありがとうございました。

そして末尾になりますが、この本を手に取ってくださった読者の皆様、本当にありがとうございます。少しでも楽しんでいただけましたら幸いです。

それでは、またどこかでお目にかかれることを祈って。

海野　幸

海野幸先生、Ciel 先生へのお便り、
本作品に関するご意見、ご感想などは
〒101 - 8405
東京都千代田区神田三崎町 2 - 18 - 11
二見書房　シャレード文庫
「王子と護衛～俺は貴方に縛られたい～」係まで。

本作品は書き下ろしです

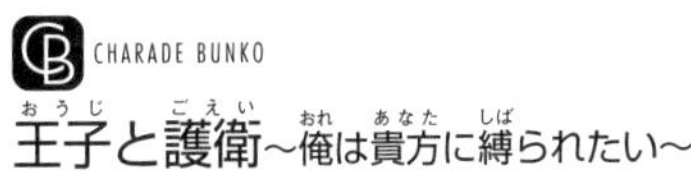

2021年11月20日　初版発行

【著者】海野幸

【発行所】株式会社二見書房
東京都千代田区神田三崎町 2 - 18 - 11
電話　03(3515)2311［営業］
　　　03(3515)2314［編集］
振替　00170 - 4 - 2639
【印刷】株式会社 堀内印刷所
【製本】株式会社 村上製本所

落丁・乱丁本はお取り替えいたします。
定価は、カバーに表示してあります。

ISBN978-4-576-21167-1

https://charade.futami.co.jp/